한국 현대소설의 미적 전회

한국 현대소설의 미적 전회

우정권

도서출판 역락

머리말

　소설이라는 문학 범주의 외연이 너무나 넓다. 시대와 공간별로 그 의미는 각각 다르고, 해석 또한 다양하게 나타난다. 그러나 한국 근대소설사 100여년을 돌아보았을 때, 소설이 함의하고 있는 내포적 의미는 협소하고, 시대별로 고정된 듯하다.

　현재 한국의 소설은 기존의 내포적 의미에서 벗어나 새로운 개념으로 전이되고 있다. 인터넷이라는 네트워크에 의해 전자책, 인터넷소설, 하이퍼텍스트 문학 등과 같은 문학 양식이 번성하고 있다. 디지털문학이라고 부를 수 있는 이들은 디지털시대에서 인간의 삶의 방식과 사유 체계의 변화에 의해 생겨난 것이다. 정보통신기술의 급속한 발달은 문학의 양식을 빠르게 바꿔 놓고 있다. 20년도 채 안된 시간에 한국문학이 리얼리즘에서 포스트모더니즘, 디지털문학으로 급속하게 변화하고 있는 상황에서 100여 년 전부터 사용되고 있는 소설 개념의 유효성을 다시금 생각하지 않을 수 없다.

　그러나 이 책은 현재, 당대의 디지털문학을 직접적으로 논의하는 것은 아니다. 새 천년이 시작되기 전부터 최근까지 한국의 소설이 어떤 변모를 하였는지를 커다란 양상 중심으로 살펴보았다. 그렇게

함으로써 새 시대의 문학이 나아갈 방향이 무엇인지를 가늠하여 볼
수 있을 것이라 생각되었기 때문이다. 지난 세월 소설의 본령이 시
대적 상황에 너무 휘둘려진 감이 없지 않다. 물론 디지털문학이라고
불리는 현재 상황에서 시대적 환경의 변화에 민감하게 반응할 필요
가 있겠는가라고 반문할는지 모른다. 그러나 현재 벌어지고 있는 환
경은 문자에 의해 이뤄지던 문학이 음성이나 영상과 같은 다른 매
체에 의해 대체되는, 표현의 방식 자체가 변화하고 있으므로 문학의
본질 자체가 바뀌고 있는 상황이라는 점을 인식해야할 것이다. 이처
럼 문학의 본질 자체가 변화하는 과정에서 소설의 개념을 다시금
되돌아봄으로써 앞으로 전개될 소설의 방향이 어떠해야하는지를 모
색해볼 필요가 있다. 이 책은 이와 같은 문제의식에서 시작되어, 소
설 문학의 본질을 미의식(美意識)에서 탐색한 결과들이다.

2005년 봄

우정권

차례

머리말 / 4

제1장 문학의 해체 전략 / 9

　　문학의 에꼴을 위하여 / 11

　　상대주의 세계관의 미학 / 24

　　'殺父傳'으로 나타난 포스트모더니즘 문학 / 30

　　불륜의 비극성으로 나타난 여성문학 / 37

　　기억에 의한 글쓰기의 존재성과 미학성, 시대성 / 45

　　소설의 기원, 기원으로서의 삶 / 65

제2장 미적 전회의 양상 / 75

탈근대주의자의 글쓰기 / 77

양성성으로 나타난 페미니즘 문학 / 91

사이버와 리얼리티의 경계 허물기 / 111

역사는 끝이 나지 않았다 / 118

제3장 예술가적 자의식에 의한 소설의 세 양상 / 131

윤리성에 의한 자아 정체성 찾기 / 133

예술가의 초상화 / 159

고백적 이야기 / 187

문학의 해체 전략

문학의 에꼴을 위하여
90년대 문학에 대한 비판

상대주의 세계관의 미학
윤대녕의 『옛날 영화를 보러 갔다』

'殺父傳'으로 나타난 포스트모더니즘 문학
장정일의 『내게 거짓말을 해봐』

불륜의 비극성으로 나타난 여성문학
전경린, 조경란 소설

기억에 의한 글쓰기의 존재성과 미학성, 시대성
신경숙의 창작방법론

소설의 기원, 기원으로서의 삶
이청준의 『인문주의자 무소작씨의 종생기』,
하성란의 『옆집여자』,

문학의 에꼴을 위하여

90년대 문학에 대한 비판

90년대 문학 비판

지난 90년대 문학을 되돌아보는 기회를 가지면서 '문학이 무엇이며', '지금 여기서 문학을 얘기하고 있는 이유가 무엇인가' 하는 원론적인 물음 앞에 그다지 자유롭지 못하였다. 첫 번째 물음 앞에는 문학의 본령이 그 전과는 많이 달라졌음이, 두 번째 물음에는 문학이 아닌 다른 매체를 통해서도 문학이 지닌 장르적 특성을 대신할 수 있음이 놓여 있기 때문이다. 이처럼 문학이 그 자체의 고유한 의미와 위상을 지니지 못하였던 시대가 지난 90년대 문학이지 않은가 싶다. 그러면서 부지불식간에 문학의 '위기'니, '종말'이니 하는 풍문이

돌았던 것이 아닌가 한다. 문학이 지금까지 누렸던 지위를 다른 매체에게 물려져야 하는 운명에 처해 있다는 것이었다. 그러나 문학 그 자체가 없어질 것이라고 생각하는 사람은 아무도 없다. 그러면서도 그런 엄살과 풍문이 떠돌게 된 것은 문학을 한 쪽 시각에서만 바라보았기 때문이다. 문학을 생산물의 일종이나 이데올로기의 화신으로만 본 마르크시스트가 문학의 양적 저하와 탈이데올로기를 문학적 위기로 보았으며, 또한 문학을 고답적 예술주의로만 본 자유주의자가 문학의 대중화를 역시 문학적 종말로 본 것은 당연할는지 모른다. 그러나 90년대는 분명히 변하였으며, 7,80년대식 감각으로만 볼 수 없는 현상들이 벌어졌다. 그런 시대적 분위기에 눈을 감은 채 전 시대의 시각으로만 보는 것은 아무런 의미가 없으며, '새 술은 새 부대에 담아야 한다'는 속담처럼 문학을 드러내는 방식과 양식에 있어서 일대 전환이 있어야 한다. 그렇다고 그들이 생산해 놓은 담론(Discourse)을 비관주의자의 비평적 전략이라고 매도해서는 안 될 것이며, 또한 문학과는 상관없이 벌어지고 있는 새 천년의 퍼포먼스에 쉽게 빠져 버려서도 안 될 것이다. 이들을 경계하기 위해서는 90년대 문학을 가장 90년대식으로 보는 문학적 의지를 가져야 할 것이다. 문학적 의지란 생과 문학을 하나로 엮은 유기체로서 생의 의지와 같은 것이다. 그 의지로써 모두(冒頭)에서 제기한 두 물음의 사회적·역사적·문학적 의미망을 진지하게 성찰해 보고, 그럼으로써 문학의 보편성과 시대적 특수성의 층위를 가늠해 보아 그들이 만나고 헤어지는 지점들을 살펴보는 것이 급선무라 여겨진다. 그렇게 하기 위해 다음과 같은 문학에 대한 고정 관념에서 벗어나야 한다.

문학을 고정된 실체로 보면서 예술적, 철학적, 생활적 삶의 발현 양상으로 보는 논자들이 있다. 음악이나 미술과 같은 선상에 놓여진 예술 장르의 일종으로 문학을 보는 그들은 삶과 분리된 상태에 있는 심미적 세계가 현실 못지않은 자족성을 지니고 있음을 역설한다. 그들에게 문학은 삶과 대비된 고정된 세계이므로 그 속에 자신의 인생을 투영시킨다. 그들이 낭만적이며 아방가르드적 세계관을 지녔다 하여도 문학을 생각하는 정신은 질료들의 집합체인 물질과 대비되는 관념적 세계를 형성하고 있다. 그러나 관념이자 정신이 현실로 치환되지 않을 때는 환상(Fantasy)과 같은 허구의 극한점으로 치달을 수 있는 맹점이 있다.

두 번째로 문학을 존재의 문제를 묻고 대답해 주는 장(場)으로 여기면서 철학적 물음으로 대하는 자들이 있다. 그들은 문학이라는 공간에서 자신의 존재의 근원과 의미를 깨우치고자 한다. 그럴 때 문학은 담론이나 에세이가 될 뿐이지 미학성을 담아내지는 못한다.

세 번째로 문학을 생활의 여기 내지 방편으로 여기는 자들이 있다. 그들은 문학을 꼭 하지 않아도 되지만, 현실적으로 살아가는 게 밋밋하여 문학이 갖는 유희적 기능을 맹목적으로 쫓아만 간다. 그러면서 현실과 대치될 수 있는 그 나름대로의 자족성을 지닌다고, 문학의 사회성을 얘기할 때 더욱 더 반론을 제기하곤 한다.

이들에게 문학은 고정된 실체이며 변화무쌍하고 또 다른 곳으로 외연과 내포를 두를 수 없는 확고부동한 장(場)이자, 실재(實在)로 존재한다. 그리고 문학은 현실을 재현(Representation)할 수 있다는 믿음과 현실과 상관없이 존재하는 자족성을 지닌 것이라는 상반된 논리가 병존한다. 그렇게 이뤄진 담론이 현실과 상동적 관계를 맺을 때에만 그 의미가 있을 것이나, 사실은 그렇지 못하였다. 그렇게 된 것이 우리 근대 문학에서 자생적 문학 담론을 생산해 본적이 없기 때문일는지는 모른다. 서구에서 비롯된 형이상학이나 문예사조를 무비판적으로 받아들였다. 그것은 우리 역사에서 근대화의 과정과 같은 맥락을 이룬다. 식민지적 근대화와 자력적 민족 애국 운동의 대립과 갈등이 민족주의의 승리로 끝나면서 봉건적 폐습을 버리지 못하게 되었고, 노예적 근대에서 주인적 근대로의 전환을 통해 사회를 진보, 발전시킬 수 있을 것이라는 진화론적 세계관이 팽배하였으며, 좌·우익 이데올로기라는 이분법적 사고가 갱신되지 않았고, 폭력적 독재 정치의 암울함은 인간의 자유에 대한 무한정의 그리움만을 낳게 된, 그런 상황이 우리 근대화의 역사이다. 그런 역사에 의해 만들어진 한국 문학이 서구의 이식문화에서 크게 벗어나지 못하였던 것이다. 마치 1910년대 이광수에서 비롯된 민족개조론을 계승이라도 한 것처럼, 일본이 서구를 모델링하여 자신의 근대 문학을 만든 것과 같이 우리도 그래야 한다는 임화적 이식문화 논리를 따랐고, 그 결과 서구 문학 한 가운데 서 보지도 못한 채 우리 문학을 주변 문학으로 내 몰아버리는 비극을 맞보아야만 했다. 또한 문학이 민족이나 민주와 같은 거대 담론의 종자가 되어 사회 현실의 모순을 비판하는 매체로 전락되어 버리기도 하였다.

이런 우리 근대화의 역사가 90년대 문학이라는 변종을 낳았다. 그 지형도는 20년대에서 30년대로 넘어오는 과정에서 이뤄진 카프문학에서 모더니즘문학으로의 전이나, 50년대에서 60년대로 바뀌면서 실존주의 문학에서 신세대 문학으로의 전이 보다 더 혁명적이라 할 만큼 변화의 낙차가 크다.

이런 시대적 환경의 변화 속에 문학을 바라보는 태도 역시 지금까지의 고정된 실체로 본 것에서 탈피해야 한다. 끊임없는 패러다임(Paradigm)을 통해 절대 불변적이지 않은 계보학(Genealogy)를 그려냄으로써 문학적 담론의 생산성을 높일 수 있을 것이다. 그렇게 하기 위해 90년대 문학 중에 소설에 나타난 여러 특징을 살펴보고, 그것들을 통해 문학의 새 지평을 열 단초들을 찾아보아야 할 것이다.

비평의 섹트주의(Sectionalism) 비판

90년대는 김영현의 리얼리즘 논쟁부터 시작되었다. 김영현의 〈벌레〉와 같은 소설을 두고 김명인은 당대 사회의 모순을 잘 보여준 전형성을 획득한 작품이라고 고평한 것과는 달리 권성우는 인물의 개성이 살아 있지 못하다고 하였고, 여기에 작가도 개입함으로써 리얼리즘 논쟁을 불러일으켰다. 리얼리즘 문학이 되기 위해서는 '문제적 개인'이 당대 사회의 모순을 잘 드러내야만 하고, 작가는 '전형성'을 획득해야만 한다. 〈벌레〉라는 작품에서 비민주적인 독재와 권력이 어떻게 한 인간을 벌레처럼 파멸시켰는가를 반영론으로 봤을 때 성공했을는지 모르지만, 문학이 예술이라는 장르를 벗어나지 않는다면 미학성을 지녀야 하는 데 그렇지 못했다는 점을 두고 쟁점이 벌어졌다. 그러나 이 글을 쓰기 위해 그런 논의를 다시 살펴보면서 작품을 통해 드러난 리얼리즘적 요소를 찾기란 쉽지 않았으며, 그렇다고 미학성이 절대적으로 부족하였다고 볼 수도 없었다. 그렇다면 논쟁은 작품 자체가 아닌 논객들이 처해 있는 비평적 입장에 따라 달라졌음을 알 수 있었다. 우리 문학 논쟁사를 보더라도 그런 경우는 비일비재하다. 팔봉과 회월의 논쟁이 내용과 형식의 문제를 두고 벌인 것처럼 보이지만, 사실은 신경향파에서 카프로 넘어가는 과정에서 일어난 문단 주도권 쟁탈전이었다는 게 후대 연구자의 평가이듯이, 김영현의 논쟁도 80년대 문학에서 90년대 문학으로 넘어 오는 분기점에서 문학의 주도권을 선취하기 위한 논쟁이었다고 할 수 있다. 김현을 등에 업은 신진비평가 권성우의 문제제기는 80년대 문학의 이데올로기 편향성에서 벗어나기 위함과 동시에 백낙청을 백그라운드로 둔 리얼리즘, 곧 민족·민중 문학 진영에 대한 선전포고와도 같았다. 그러면서 '문학과 지성'과 '창작과 비평' 양대 진영으로 되어 있는 문학의 집단화를 타파하여 문학의 새로운 에콜(ecole)을 만들어야 한다는 주장은 논쟁의 성격과는 관계없이 우리 문단의 현실에 아킬레스건을 건드렸다는 점에서 의의가 있다. 그의 고언(苦言)은 당대 문단에서 문학의 섹트주의(Sectionalism)가 만연되어 있었으며, 많은 폐해를 낳고 있었음을 지적한 것이다. 권성우가 생각한 에콜이란 자신의 개성을 지닌 채 문학적 성향이 비슷한 사람끼리 집단을 이뤄 문학의 생산적 논리를 일궈내자는 것이었다. 그는 프랑스의 데리다, 크리스테바, 바르뜨 등이 모여 만든 텔켈 그룹을 염두에 두고 그런 주장을 펼쳤다. 그러나 한국 문학 풍토에서 문학적 성향, 곧 문학주의 자체로써 문학을 하는 사람이 많지 않은 것이 현실이다. 문학의 섹트주의(Sectionalism)는 같은 학교출신, 한 선생의 제자, 그리고 이념적 써클을 중심으로 만들어진 집단을 뜻한다. 그것이 어떤 School을 형성하는 게 아니라 오직 인간적 유대관계를 통해서만 집단을 형성한다. 그 속에 빠진 이들은 집단이 쳐 놓은 보호막을 커다란 권력체인 것처럼 착각하며 문학의 생명인 개성을 상실하여 버렸다. 문학은 개성의 다양성을 전제로 한 것인데도 모두 한 목소리를 내고 있었고, 문학적 지향이 다른 데도 결별 선언을 할 만한 용기와 자생력이 없었다. 진정한 에콜이란 언제나 하나라는 것을 내세우는 집단주의가 아니다. 데리다가 크리스테바와 문학적 논쟁을 하면서 문학적 지향성이 다름을 확인하고 텔켈 그룹과 결별하였듯이, 문학 자체를 우위에 두고 그것에 따라 행동하는 것이지 않겠는가.

에콜 정신의 부재와 집단주의를 드러낸 한 예로 신경숙의 《외딴 방》을 두고 벌여졌던 논의를 들 수 있다. 백낙청이 이 작품을 7,80년대 우리 현실을 잘 반영한 리얼리즘 문학의 정수라고 하자, 그 휘하에 있는 김사인은 당파성(黨派性)의 승리라고 하였고, 윤지관은 빼어난 리얼리즘 문학이라고 거들었다.

이런 행동을 통해 비평이 단순한 비평가 자신의 엔솔리지를 드러내는 것이 아니라 이념의 푯대이고, 집단의 대표성을 굳건하기 위해 존재하는 것임을 알 수 있다. 이 작품의 화자가 소녀 시절 낮에는 구로공단에서 일하고 밤에는 야학교에서 공부하고 하면서 자신의 삶을 옭아매고 있었던 것은 '어떻게 하면 여기를 탈출할 것인가'였고, 소설가가 되고 난 뒤 희재 언니의 죽음을 방관하였다는 도덕적 자책감이 작가로 하여금 자전적 고백소설을 쓰게 하였다. 그런데도 구로공단 내에서 있었던 일들만을 부각시켜 그 속에서 '나'가 건강하게 살아남은 것에서 리얼리즘의 승리라고 한 것은 아전인수의 정도를 가늠해보고도 남을 것이다. 백낙청의 리얼리즘 문학의 범위와 정도란 김사인이나 윤지관이 생각하고 것과는 층위가 다르고 다른 각도를 지닌다. D.H 로렌스로 하버드에서 박사 학위를 받은 그는 인간 내면의 섬세한 자국마저 리얼리즘으로 보고 있어, 사회주의적 리얼리즘에만 사로잡혀 있는 그들과는 다른 자리에 서 있다. 어쩌면 루카치의 반영론에 충실하면서 민족이 처해진 상황을 외연적 사실에만 집착하지 않는다는 점에서 그의 문학관에 대한 비판은 언제나 정곡을 찌르지 못하고 예각으로 비켜날 뿐이다. 그런 그의 실체를 제대로 파악하지 못한 소총수의 활약은 비평의 섹트주의의 웃음만을 낳을 뿐이다.

이처럼 90년대 문학에서 비평이 낳은 폐단은 섹트주의이며 이것을 타파하기 위해서는 하루빨리 에콜 정신을 회복하여 미학성을 위해 전회를 거듭함을 통해 문학의 고정화와 신비화에서 벗어날 수 있어야할 것이다.

사이버 오딧세이와 문학의 미적(美的) 전회(轉回)

앞에서 다룬 작가의 작품이 90년대 가장 대표작이라고 할 수는 없다. 최윤, 성석제, 최수철, 이인성, 박범신 등의 작품은 빛났다. 최수철과 이인성의 작품은 주체의 분열 내지 해체로, 최윤의 것은 텍스트주의로, 성석제의 것은 미니멀리즘으로 계보를 그려낼 수 있어, 또 다른 패러다임을 충분히 만들 수 있다. 그렇지만 그런 계보가 절대불변한 것은 아니다. 또 다른 요소들에 의해 패러다임을 형성할 수 있기 때문이다. 그렇게 여러 각도에서 이뤄지는 비평의 예각화 작업을 통해 문학의 의미망은 좀 더 풍요로워질 것이며, 독자의 적극적인 참여에 의해 얼마든지 문학적 담론은 생산되어질 것이다. 지금까지 문학이 고정된 실체라는 권력으로 독자의 참여를 제한시켰기 때문에 일반 대중의 관심에서 점점 멀어질 수밖에 없었다.

새천년 문학이 나아갈 방향을 자꾸만 다른 매체, 컴퓨터의 사이버 세계와 비교하여서는 안 될 것이다. 사이버 문학이 번창하여도 문학의 하위 장르에 지나지 않음을 인식하여야 한다. 활자에서 컴퓨터로 매체가 바뀌어도 오히려 역설적으로 문학을 좋아하는 사람이 더 늘어날 것이라는 얘기이다. 서점에 가서 어렵게 책을 사고 하는 과정을 생략한 채, 집에서 인터넷으로 가상 서점을 구경하고, 신문 서평도 읽어보고 하면서 오히려 쉽게 문학과 접하게 되는 일이 벌어지고 있는 것이 현실이지 않은가. 그러므로 문학이 죽는다든가, 없어진다든가 하는 일은 절대로 없을 것이며, 문학 그 자체의 고유성은 남게 될 것이다. 그럴 때 문학이 나아갈 방향은 미학성을 다시금 찾는 길로 나아가야 한다. 자본주의의 발달은 삶의 모든 것을 물질로 전환할 수 있음을 통해서만 의미 있음을 논했고, 문학이라는 예술에까지 천민 자본주의를 전파시켜 상업주의에 물들게 하였다. 그러나 자본주의 사회에서 정보화 사회로 전이되면서 이 세상을 물질이 아닌 정보의 소유 여부로 평가하게 되면서 상황은 달라졌다. 이제까지 문학 작품을 읽고 그 작가라든가 주변적 상황에 대한 정보를 얻기 위해서는 다른 공간에서 많은 시간과 노력을 들여야 했으나, 이제는 모든 것이 인터넷에서 쉽게 정보를 얻게 됨으로써 한 작품을 다양한 시각에서 그리고 종합적으로 볼 수 있게 되었다. 물론 지금까지 나타난 것과 다른 다양한 문학의 하위 장르가 나올 것이다. 가령 게임 시나리오와 하이퍼 텍스트 같은 장르가 현재 있듯이 우리가 미처 알지 못하는 부분에서 장르가 생겨날 것인데, 그것을 두고 문학이 죽었다고 말하는 것은 앞에서 언급한 것과 같이 문학을 고정된 시각에서만 바라본 기우에서 생겨난 것이다. 인터넷은 우리 모두를 하나의 공간에 모이게 하지만, 그것은 실제가 아닌 가상의 공간이므로 문학도 현실 보다는 가상, 곧 버츄얼(Virtual)한 세계를 창조해 낼 것이며, 그속에서 인간의 무한한 욕망을 채우고자 할 것이다. 그러나 문학이 영화와 같은 예술 장르와 다른 점이 있다. 그것은 자기 자신을 되돌아 보게 하는 반성적 성찰이 있기 때문이다. 독자가 활자를 읽으면서 머리 속에 그려 놓는 가상의 공간을 인터넷의 버츄얼이 대신한다 하여도 여전히 인간의 상상력은 살아 있으며, 자기 자신의 머리와 가슴 속에 그려진 가상의 상상적 세계가 그 어떤 것으로 대치될 수 없음을 깨달을 때 문학은 오히려 더 많은 독자들에게 쉽게 다가갈 수 있을 것이다. 그것은 문학의 미적 전회를 통해서이다. 아름다움에 대한추구란 인간의 본능임을 인식하고, 문학이 그런 장치를 지니고 있음을 인터넷을 통해 더 쉽게 확인됨으로써 상상적 아름다움의 세계로 일대 전회를 해야 할 것이다. 이렇게 문학의 장래에 대해 낙관적인 시각을 가지고 있으면서도 논의 곳곳에 전제되어야할 것이 있다. 그것은 문학의 본령과 하위 장르를 명확히 구분하자는 것이다. 이 글 모두에서 제기한 것처럼 문학이 재미있어서, 달리 할 일이 없어서 한 시대는 이미 지나갔다. 그것은 컴퓨터가 대신해 주기 때문이다. 그런데도 왜 문학을 하냐면, 문학이 이데올로기를 지니고 있어서, 삶의 본질을 밝혀주고 있어서, 그리고 그래도 재미란 게 좀 있어서도 아니다. 문학은 그 어떤 무엇으로 쉽게 단정지을 수 없음에 있다. 그리고 열린 시선으로 보면 볼수록 무한정의 패러다임을 만들어낼 수 있기 때문이다. 그런 문학적 본질을 되살려 놓아 인터넷의 열린 공간에서 생산적이고 건설적인 담론이 양산되기를 기대해 본다.

상대주의 세계관의 미학

윤대녕의 『옛날 영화를 보러 갔다』

　　　　시간의 의미를 자연과학적으로 설명하여 본다면 태양이
발산한 빛과 지구의 자전과 공전에 의해 이뤄진 단위체계라고
할 수 있다. 플라톤은 인간도 작은 우주라고 보고 인간 자체내
의 시간을 생체리듬의 순환이라고 한다. 그의 제자격인 칸트
는 이성적 관찰에 의해 지각되어지는 생리적 반응을 역시 시
간이라 한다. 이와 같은 자연계 질서의 단위인 시간은 뉴튼의
만유인력법칙과 같이 절대적이며, 인간의 삶에도 변하지 않은
절대적인 규칙체계를 이룬다. 그러나 모든 인간의 관념 속에
그런 절대적 규칙체계인 시간이 똑 같은 단위로 존재하는 걸
까. 또한 그 시간이 양적으로 측정 가능한 것일까. 그리고 인
간 내면의 의식 속에 시간은 어떤 모습으로 있는 걸까.

윤대녕의 『옛날 영화를 보러 갔다』에서 시간의 상대성과 영
원회귀를 얘기하면서 그 옛날 시간이 가만히 있으면 제자리로
되돌아온다고 한다. 이 작품은 아인쉬타인의 '상대성이론'과
니체의 '영원회귀'설을 바탕으로 현재라는 시간이 과거와 미
래가 함께 있는 것임을 얘기한다. 아인쉬타인의 상대성 이론
은 시간 여행이 가능할 정도로 뉴턴에 비한다면 가히 획기적
이라고 할 정도로 시간의 절대성을 철저히 부정한다. 시간이
란 빛과 지구의 움직임에 의해 결정되어지지만, 빛보다 빨리
갈 수 있는 물체가 출현한다면 그의 일반상대성 공식으로도
충분하게 시간 여행이 가능해 진다. 그리고 우리 지구가 태양
계를 중심으로 움직이고 있지만, 커다란 우주, 최소한 은하계
정도의 규모로 우리 시간을 본다면 코끼리와 그 위에 있는 미
세한 먼지로 이 둘을 비교할 수 있다. 즉 영원성과 순간의 대
비처럼 말이다. 그런데 이 둘은 하나와 같이 공존한다. 니체가
영원이란 과거, 현재, 미래를 초월하여 있는 것이 아니라 그
순간 자체 속에 마치 정지하여 있는 것과 같이 있다고 한 것
과 같다. 그러므로 시간이란 절대적 단위가 될 수 없을 뿐만
아니라 인간의 생명이나 운명 역시 순간적으로 일어나지만 영
원 속에 들어가 있어 동일한 요소가 무수하게 반복되어 나올
수 있는 것이다. 이처럼 아인쉬타인의 '상대성 이론'과 니체의
'영원회귀'설은 같은 궤로 묶여질 수 있으며, 이것 자체를 작

품화한 것이 윤대녕의 《옛날 영화를 보러 갔다》이다.

이 소설의 화자인 나는 잃어버린 옛 기억을 되찾으려고 한다. 현실적 시간 공간에는 나, 상처받은 영혼을 지닌 나의 부인, 과거 기억 속의 유진이 재래한 최선주 이렇게 세 명이 있고, 과거 시간의 공간에는 나, 영원회귀를 믿는 유진, 그리고 병약한 인물인 희배 이렇게 세 명이 있다. 현재와 과거를 이어주는 공간은 영화상영관이고, 그들을 이어주는 매개 인물은 E이다. 이처럼 과거와 현재가 만날 수 있는 것은 상대적 세계만이 있는 공간이 있기 때문이다.

> '빛의 속도와 내 의식의 속도가 동일한 지점을 향해 육박해 간단거지. 요컨대 네가 인식하고 있는 시간과 내가 인식하고 있는 시간은 서로 달라. 재미있는 영화를 볼 때와 지루한 책을 읽고 있을 때처럼 말이지. 다시 말해 하나의 시간에 작용하는 네 질량과 내 질량은 서로 다른다는 거야. 나는 절대 시간에 대한 감각을 잃어버릴 때가 많아. 내 의식 속에서 시간이 상대적으로 작용하고 있단 말이야.' (중략)
> '그게 바로 상대적 사고라는 걸거야' (197쪽)

그런 상대적 세계에서 시간과 공간의 의미는 다음과 같다.

> '창문에 서 있을 때 나는 이쪽이 되고, 저쪽이 이쪽이

되는 경험을 했어. 요컨대 이 방 안에 있는 시간이 문득
상대적으로 변해 버린 거야. 시간의 연속된 흐름이 멈춰버
린 그런 상태 말이야. 왜 그런 생각이 들었는지는 나도 잘
모르겠어.' (196쪽)

그런 상대적 공간 속에서 시간의 질서는 카오스이다. 플라
톤은 카오스를 두고 생명의 원천이라고 《티마이오스》에서 밝
혀놓고 있듯이, 질서가 없는 시간은 순간이면서 영원이기도
하여 그 속에는 무한한 생명의 에너지가 넘쳐나고 있어 인생
에 대해 희망과 용기를 안고 살아갈 수 있게 된다.

그렇다, 영원회귀의 순간이라는 게 있어서 과거의 나와
해후하는 때가 있다는 것을 알게 된다. 그리하여 나는 나
를 통해 복원해야 할 것들이 있다는 것을 알게 된다. 그래,
이 무한 순환의 궤도에서 나는 다시 나를 만난다. 용기를
내자. 인생은 용기 있는 질문에서부터 시작하는 거야. 물론
용기 있게 대답도 해보는 거지. 까짓 것. 다시 시작해 보는
거야. 지금 바로 그때야. 지금 이 순간 나에 관해서 오직
나에게만 일어나고 있는 일이 있다는 거야. 내가 그동안
지어놓은 시간의 집이 헐리고 그 폐허 앞에 나는 문득 서
있는 거야. 원점 회귀. 인생, 난 너를 어여쁜 여인처럼 사
랑해. 그래, 인생이란 고뇌하는 어여쁜 여인이야. (239-241)

영원회귀의 순간 삶에의 의지를 지니게 되고 그럼으로써 인생에 대해 무한정으로 사랑하게 되는 그 모든 것은 순간을 영원하다고 보는 니체의 철학에 의해서다. 화자인 나가 과거에 유진이를 죽였는지도 모른다는 원죄의식을 지니고 있었기에 현재까지 과거 기억 속으로 가지 못하였고, 철저하게 과거와 단절된 채로 살아 왔었지만, 그런 과거와 완전하게 만나게 됨으로써 속죄할 수 있게 되었고, 그리고 현재의 자신을 올곧게 보게 되었다. 이 작품에서 과거와 현재라는 시간의 단위를 놓고 형상화 하여 놓고 보지만, 화자인 나의 기억 자체임을 알 수 있다. 인간에게 기억이란 없어져 버리는 것이 아니라 인간 내면에, 그렇다고 머리와 같은 곳에 저장되어 있지 않고 인간의 육체와 정신이 공존하는 곳에 있다고 한다. 또아리를 틀고 있다가 물질적 회상체에 의해서나, 심리적 기제를 통해 유년기 무의식마저 의식의 지층으로 되살아 난다고 한다. 이 작품에서 과거와 현재가 만나는 곳, 곧 기억의 물질적 회상체는 영화관이며 그 속에서 과거 속의 나와 현재 속의 나가 만난다.

　'기억의 현재?'
　'그렇다네. 나는 지금 거기에 있지만 '여기에 있는 거기'에 있네. 반대로 자네는 '거기에 있는 여기'에 있는 거지. E라는 이름으로. (264쪽)

과거 속의 나는 E이다. 그러나 그 E는 실체가 아니라 나 속에 있는 또 다른 나라 할 수 있다. 기억 속에 존재하는 나인 것이다.

《옛날 영화를 보러 갔다》에서 보이는 세계관은 앞에서도 언급했듯이 상대주의이다. 이것은 신, 이성, 진리, 본질, 이데올로기와 같은 절대적 세계를 부정한다. 그리고 절대적 세계만으로 지금 여기를 설명할 수 없다는 허무주의가 깔려 있다. 윤대녕은 지금까지 문학이 과연 우리 삶을 얼마나 도드라지게 설명할 수 있었는가, 아니면 설명할 수 있다는 자부심만으로 인간의 삶을 얼마나 재단하였는지, 그리고 이념의 화신에 얼마나 노예가 되었는지를 90년대 식으로 부정하고 있다.

결국 90년대란 윤대녕에서 비롯된 사라져버린, 잃어버린 기억을 되찾고 그럼으로써 자신의 정체성을 얻고자 하는 지나한 몸부림의 문학이며, 그 속에는 절대적 세계를 부정한 상대적 세계가 있으며, 주체의 분열 내지 해체를 통해 주체의 재건을 노리고 있다는 점에서 탈주체의 전복이라고도 할 수 있다.

'殺父傳'으로 나타난 포스트모더니즘 문학

장정일의 《내게 거짓말을 해봐》

　　장정일의 소설은 '殺父傳'으로 읽혀질 정도로 철저하게
아버지의 권위와 질서를 부정한다. 아버지란 세계의 질서를
상징하는 존재로서 규칙, 법, 체계, 정의, 진리, 진실과 같은 유
형·무형의 아폴로적 세계를 만드는데 근원으로 작용한다. 그
런 아버지를 부정함으로써 자신의 존재의 정체성을 찾아내려
고 하지만, 그렇다고 그다지 진지하지도 무겁지도 않다. 그가
세상을 바라보는 방식은 알레고리(Alegory)이며 자신은 끊임
없이 변신하고자 한다. 장정일은 80년대 시로 등단하여 《햄버
거에 대한 명상》으로 김수영 문학상을 수상하였고, 희곡 쓰기
를 거쳐 《아담이 눈뜰 때》를 통해 소설로 장르를 옮겨 왕성하
게 작품 활동을 하였다. 그 만큼 90년대에서 화제를 일으켰던

작가도 없다. 《내게 거짓말을 해봐》로 외설 시비를 불러 일으켰지만, 그것은 그에게 더욱더 자기모멸의 시학을 자극시켜준 것에 지나지 않는다. 僞惡的 포즈에 우매한 독자들은 그의 치기어린 장난을 눈치 채지 못하였으며, 지나칠 정도로 심각하게 그의 문학을 해석하였다. 어쩌면 연민 어린 동정심으로 보아야하지 않을까. 《내게 거짓말을 해봐》에 표면적으로 드러난 변태적이고 광란의 섹스에 현혹되다 보면, 제이의 정체성 찾기를 놓쳐버릴 수 있다.

> 우리의 실제 모습은 대리석으로 조각된 여신상을 보고 있는 것처럼 아름답고 강했다. 그토록 아름답고 그토록 강하며 그토록 수줍어하는 그녀를 보자 나는 먼 길을 달려오면서 삭였던 분노가 다시 살아나는 것을 느꼈다. 마음속에서 '범해 버려'라고 외치는 소리가 들렸고 나는 그녀를 쓰러뜨렸다. 그러나 그녀는 내가 상상하지 못할 무력으로 나를 간단히 제압했고 수치로 무릎이 후들거릴 만큼 부끄러움을 당한 나는 작업장에 굴러 다니는 조각도로 그녀를 마구 난자했다. 그것이 질투였다면 무엇에 대한 질투인지 나는 알 수 없다. 우리가 너무 아름답고 강했다는 것밖에 무엇이 더 나를 자극했을까? (205쪽)

제이가 바라본 '우리'는 와이의 평범한 모습과는 달리 눈부시게 아름답다. 그것에 제이는 참아내지 못한다. 왜냐하면 지

금까지 비도덕적이며, 반윤리적이며 사회의 금기를 깨뜨리면
서까지 자아 정체성을 회복하려고 하였는데 비해, '우리'는
혼자 그 모든 것을 감내하며 초극하여 아름다움으로 충만한
예술의 세계를 걷고 있기 때문이다. 여기서 장정일의 예술세
계에 대한 단적인 한 면모를 엿볼 수 있다. 그가 아무리 일반
적 체계를 깨뜨리는 감각의 우위를 둔 반소설을 쓰고 있지만,
분열된 의식을 이성을 통하여 회복하고자 한다. 그렇다면 제
이가 와이와 벌인 애정 행각은 자신에게 덧 씌워져 있는 삶의
무게를 던져 버리기 위한 일종의 통과제의라 할 수 있다.

> 어린 시절부터 나는 얼마나 아버지의 성기가 부러웠던
> 가? 그리고 그가 나를 사랑해 주길 얼마나 희망했던가! 그
> 리스도가 하느님에게 그랬던 것처럼 모든 아들은 아버지
> 의 영원한 신부였으니. (208쪽)

제이가 아버지의 감시체계에서 벗어나기 위해 자기모멸로
나아가 와이와 애정행각을 벌였지만, 실제로 아버지란 존재하
지 않았기에 그의 감시체계에서 벗어나기 위해 자기모멸로
나아간 것은 아니다. 아버지란 절대적 존재가 없는 현실적 상
황에서 모든 것을 통제해나갈 수 있는 이성(와이와의 자기모
멸은 감각의 세계)적 세계를 그리워하며, 그것이 없는 현실
속에서 고독감을 느낄 수밖에 없었던 것이다. 그런 불완전한

개체의 상황 속에서 완전한 자아의 존재성을 얻기 위해 그런 반모럴적 행위를 하였던 것이다.

> 집으로 돌아온 내가 다시 잠들었다가 눈을 떴을 때 아내는 와이의 교복을 입은 채 의자에 앉아 턱밑에 한 손으로 쥔 곡갱이 자루를 괴고 있었다. (중략) 아무 대답하지 못하는 나에게 아내는 곡갱이 자루를 방바닥에 한 번 쾅 찍었다.
> "자, 내게 거짓말을 해봐!"
> 그래서 나는 거짓말을 하기 시작했다. (209쪽)

'우리'가 보내 온 비디오 속에는 제이와 와이가 벌인 애정 행각이 다 들어 있다. 그것을 본 아내는 와이가 입었던 복장과 똑 같이 하여 나에게 '거짓말을 해 봐'라고 한다. '거짓말'에 초점을 둔다면 비디오 속의 이야기 모두가 사실이 아닌 가짜라는 것이고, '해봐'에 시각을 고정시키면 자기를 와이처럼 대해 달라는 의미이다. 그런데 두 번째 의미로 보기에는 이 소설에서 부인과 나의 관계가 성적인 애정 결핍을 지녀야 하지만, 실제로 나는 부인에게서 어머니와 같은 평온함을 지니고 있다. 그렇다면 첫 번째 의미는 작가가 포르노적 소설 전부가 허구라고, 가공된 이야기에 지나지 않는다고, 그리고 그런 이야기를 무한정 할 수 있다는 것이다.

하지만 우리는 모든 것을 이겨 냈어. 사랑과 저주의 시
간들 속에서 우리는 오직 우리만 승리했어.(215쪽)

그러면서 승리한 사람은 이성적 세계를 고이 간직하고 있는
'우리'라고 한다. 그 우리에 강조점을 뺀다면 보통 인칭 대명
사를 가리키게 된다. 보통 우리들은 소설 속의 내용처럼 반윤
리적이고, 반사회적으로 살아가지 않고 자신에게 주어진 일에
최선을 다하며 건강하게 살아가고 있지 않은가. 그렇다면 장
정일은 그런 허구적 이야기를 만든 것은 자기 자신을 극한까
지 모멸하기 위해서며, 그런 모멸을 통해 자신의 정체성을 찾
을 수 있다고 본 것이다. 자신의 정체성을 찾는 방법이란 무
수하게 많고, 도덕적, 사회적으로 성공한 삶의 모습에 따라 이
행되어지는 방법도 있으나, 그는 그 역을 통해 인간 내면에
자리 잡고 있는 위악적인 면을 드러내고 싶었으며 그럼으로
써 내가 누군인지를 말할 수 있으리라 믿은 것이다.
　지난 90년대 문학에서 장정일의 위치는 포스트모더니즘과
같은 선상에서 많이 논의되어 왔다. 포스트모더니즘에 대한
논의를 촉발시킨 작가는 사실 그가 아니라 하일지나 이인화
이다. 이인화의 《내가 누구인지 말할 수 있는 자는 누구인가》
를 이성욱은 조목조목 비판하면서 양귀자를 비롯한 다른 작
가를 표절하였다고 지적하자, 이인화는 일종의 혼성모방이라

고 함으로써 표절과 혼성모방에 대한 논란을 일으켰다. 어쩌면 80년대 문학과 90년대 문학과의 대립처럼 보이지만, 새로운 문학이론이 우리 환경에 적응하지 못한 결과로, 또는 이인화의 무지의 극치라고밖에 보이지 않는, 지금 시점에서 다시 본다면 넌센스의 해프닝이었다고 할 정도로 우리 문학의 자생력이 그만큼 약함을 단정으로 보여준 것이다. 서구 문학 이론의 오파상을 자임했던 몇 몇 논객들의 활약은 90년대 문학에 포스트모더니즘 열풍을 낳았으며, 구조주의, 후기구조주의와 같은 사조가 문학계를 장식하게 되었다. 그러나 이 모든 것은 한국현대문학에서 현대라는 말에 너무 치중한 결과이며, 한국이 갖는 특수성에 대한 배려와 논의가 전무한 상태였다. 그렇게 뿌리가 약한 문학적 풍토에서 하일지의 등장은 신선하였다. 경마장 시리즈로 발표되는 작품에 경마장이 등장하지 않으며, 지루할 만큼 일상적인 일을 자세하게 묘사함으로써 인간 내면의 위선을 폭로하는 등의 장면은 전통 소설 문법에는 분명히 어긋나 있다. 일상성(日常性)이 이데올로기나, 신념, 정치와 같은 거대 담론 보다 더 소중한 일임을 내세우는 그의 소설은 분명히 포스트모더니즘적 요소를 갖추고 있다. 어떻게 보면 누보로망에 더 가까울 정도로 서사나 플롯, 개연성 등이 없지만, 출구 없는 미래로 인해 권태로운 일상성을 보여주고 있는 점에서 또한 등장인물들의 주체성이 몰각되어 있는 점에서 기존의 전통 소설과는 분명히 다르다.

  90년대 한국 문학에서 주체의 분열내지 해체, 탈이데올로기
와 같은 단어가 90년대를 밝혀주는 문학적 언어임에 틀림없지
만, 과연 한국적 풍토에 그것이 얼마나 작품으로 표현되어 나
왔는가를 물어본다면, 장정일, 하일지, 그리고 80년대부터 활
동해 온 이인성이나 최수철 등으로 손꼽을 정도로 그다지 풍
부하지 못하다. 우리 현대문학에서 언제 주체성을 묻는 문학
을 표나게 내세운 적이 있던가, 또한 이데올로기 자체가 지닌
문제를 문학이 있었던가. 아마 후자 쪽에서는 최인훈의 《화
두》가 있다고 항변할는지 모른다. 그러나 《화두》는 자전적 에
세이로 보아야지 소설로 보기에는 미적 장치가 많이 부족하
다. 그렇다면 90년대 문학을 되돌아보는 이 시점에서 포스트
모더니즘 문학을 서구의 것이라고 무조건 배척하는 것도, 맹
목적으로 따라가는 것도 문제지만 우리 문학의 전체 그림을
새롭게 그려낼 필요성만이 남게 된다.

불륜의 비극성으로 나타난 여성문학

전경린의 《내 생애 가장 특별한 날》
조경란의 《가족의 기원》
은희경의 《마지막 춤은 나와 함께》
《행복한 사람은 시계를 보지 않는다》

      90년대 중반에 등장한 스타 트리오인 은희경, 전경린, 조경란은 여성이라는 공통점 외에 우리 사회에 만연되어 있는 남성 중심 이데올로기를 벗어나고자 한 점에서 90년대 후반을 대표하는 여성 작가라 여겨진다.

  한국인들에게 가족이란 의미는 좀 유별나다. 자신을 있게 한 존재의 근원으로 보면서도 편가르기의 전형이나 집단 이기주의의 대표적 표상처럼 여기기도 한다. 그러면서도 화롯불 주위에 둘러앉아 오손도손 웃음꽃을 피우곤 하던 단란한 가족을 그리워하기도 한다. 그런 가족에는 모든 투정과 응석을 다 받아주는 어머니가 있으며, 위엄으로써 자식에게 준엄하고도 냉혹한 세상의 질서를 가르치는 아버지가 있고, 그리고 단순한 집단 구성원 이상의 의미로 피를 나눴다는 이유 하나만으로 맹목적인 인간관계를 형성한 형제자매도 있다. 먼저 아버지란 존재를 살펴보면, 한국 사회에서 그는 가족을 꾸려나가는 가장으로서 가족원들의 생계와 안녕을 책임진다. 그런 책임성이 아버지에게 버거운 만큼 반대급부로 권위와 권력을 누리게 된, 곧 소위 말하는 가부장적 사고를 지니게 되어 한 가족을 균형있게 통솔해 나간다. 반면에 어머니는 아버지를 보필하면서 자식들을 잘 먹이고 입히면 된다는 의무감에만 사로잡혀 있다. 그에게는 아버지와 같은 권리는 주어지지 않았고, 맹목적 복종심과 모성애만 강조되어 있을 뿐이다. 아버지가 가족을 통솔하기 위해 논리성과 합리성을 가지고 권력을 행사하는 데 비해, 어머니는 이성적 사고 이전의 몸의 철학에 의해 움직여지는, 곧 생명의 근원으로 행동한다. 그런 어머니에게서 자식은 자신의 분신이기에 어떻게 자식을 통제하고 교육시킬 것인가 하는 문제는 그다지 중요하지 않을 수 있다. 그런 어머니와 아버지와 함께 살고 있는 각 개인은 개체로 있기보다는 가족이라는 울타리 속에서 주어진 신분과 지위 그리고 위치에 의해서 자신의 존재성이 결정되어 진다. 또한 그들의 존재는 스스로 선택한 것에 의해서가 아니라 생득적으로 결정되어진 운명성에 의해 귀결된다.

가족 내에서의 이런 아버지와 어머니의 역할이 한 가족을 지배하는 이데올로기가 되어 전통가족 규범이라는 이름으로 우리 사회에 면면히 흘러오고 있다.

조경란은 《가족의 기원》에서 그런 가족 이데올로기를 거부하고 있다. 서술자이자 주인공인 유정원이 좋아했던 서른 다섯 살의 유부남인 '그'는 성원경이라는 자기 아내와 두 자식을 버리고 그녀와 결혼하려고 한다. 가족을 이루기 위해서 결혼하고자 한다. 그러나 '나'는 그런 가족을 지긋지긋하게 여길 정도로 혐오하여 가출하지 않았는가. 아버지가 사우디에 가서 돈을 벌어와 집장사를 하고 그러면서 자신의 집을 가져보지만, 집이 곧 가족이라는 아버지의 생각, 즉 다시 말해 경제적 안락과 풍요를 보장하는 것이 가장의 역할이라는 생각, 속에는 가족이 주는 따사로움이라든가, 삶의 동력이나 존재의 확인과도 같은 살가운 면들이 없으며, 단지 가족원들끼리의 맹맹한 관계만을 키웠을 뿐이었다. 그런 가족을 '그'가 다시 만들자고 하니, '그' 역시 가족의 이데올로기에 사로잡힌 사람이라는 것을 '나'는 깨닫고 '그'와 헤어지려고 결심한다. 자기와 같은 비극적 가족을 만들고 싶지 않기 때문이며, '그'의 아내인 성완경에게 자기와 같은 비극을 주고 싶지 않기 때문이다. '나'란 존재를 가족이 어려움에 처하자 집을 나왔다고 해서 이기적인 사람으로 보아서는 안 된다. 젊음이라는 생명력을 이미 상실한 노인에게 원초적 생명력을 불어넣기 위해 알몸으로 보시하려고까지 하지 않았던가. 노인은 그녀의 분신이라고 할 수 있으며 또한 가족 이상의 편안함과 안락함을 주기도 하였다. 하여튼 '나'는 가족의 이데올로기가 잉태한 비극이 자신에게서 끝나기를 원한 것이다. 그때 내세웠던 그녀의 자기합리성은 "뭉치면 죽고 흩어지면 산다"는 역설적 주장이며, 그것이 몰락한 가족의 어머니로부터 떠나오게 하고, 맏딸이라는 신분도 벗어 던지게 하였다. 경제적을 파산한 집안에서 서로의 얼굴을 본다는 것은 정신적으로마저 공황에 이를지도 모른다는 그녀 나름대로의 합리화를 내세웠다. 그러나 그녀는 도둑고양이가 자식들을 먹여 살리기 위해 발버둥치는 모습을 진저리치며 싫어하듯이, 꿈에 도둑고양이가 나타나 자신을 갉아먹는 꿈을 꾸듯이 당장 내일 죽을지도 모른다는 어머니 곁을 떠나 왔다는 것에 죄책감에 시달린다. 그러나 그녀가 집에 들어간다고 달라지는 것은 없다.

조경란의 《가족의 기원》은 우리나라의 모라토리엄이 한 가족을 파멸시켰으며 그 속의 인간들마저도 황폐화시키고 말았다는 것을 얘기하고 있다. 그러면서 우리 전통 사회의 가족이 갖는 허위성과 기만성 그리고 이데올로기의 포악성을 고발하고 있다. 그런 일련의 과정에서 개체적 인간은 자신의 존재를 찾고자하는 진정성의 노력을 하고 있다. 아버지가 가족을 생각하는 방식이란 밖에서 돈을 많이 벌어다 주면 그만 이라는 사고와 어머니는 자식들을 잘 먹이고 입히면 된다는 두 부모의 이분법적 역할분담이 가족의 몰락을 더 부채질하였다는 이야기다. 아버지가 돈을 벌기 위해 사우디에 갔을 때, 가족 구성원들은 화롯불 주위에 둘러앉아 오소도손 얘기꽃을 피우지 못하고 내일의 장미빛 경제적 여유로움을 기대하며 여관 방에서 지내야만 하였다. 어머니는 자식들이 갖고 싶은 것 사주고, 좋은 학원 보내고 그러면 임무를 다했다는 생각 속에서 자식들이 겪는 정신적 상처와 아픔을 감싸 주지 못하였던 것이다. 그들에게 막상 집이 생겨났을 때는 세상이 그들을 가만히 놓아두지 않았다. 친척이고 뭐고 없이 그들 가족이 그랬던 것처럼 장미빛 경제적 풍요로움을 가지려는 욕망에 의해 사기를 치고 하는 일이 벌어지고, 야박스럽지 못한 인간들은 그것에 치이게 되니, 그들 가족이 사기에 의해 몰락하게 된다. 경제적 삶의 가치가 모든 삶의 가치를 압도하고 있으며, 존재의 확인을 부의 축적으로 받으려는 사회에서 진정으로 살아남을 수 있는 방법이란 전통적 가족을 회복하는 것이 아닌가. 그런데 개발독재가 만들어 놓은 사생아들은 성공신화의 왜곡되고 그릇된 것만을 받아들이니, 모두 "더 빨리"란 신화에 의해 이뤄진 비극인 것이다. 유정원이 어릴 때부터 아버지의 따사로움과 어머니의 포근함을 받으면서 컸다면, 가족이 몰락하는 지경에서 자신의 안위를 찾아 가족을 떠나가지는 않았을 것이다. 그녀가 어릴 때부터 배운 것이란 차가움과 냉정함이며 어떻게 해서든지 살아남아야 한다는 생존의 법칙이다. 그런 그녀에게 맏딸이기 때문에 가족을 책임져야한다는 것은 배우지도 못하였고 생각해보지도 못한 일이다. 그렇지만, 그녀는 가족의 몰락이 아버지의 가출을 낳고 어머니의 자살을 낳을는지 모른다는 공포감을 갖게 하였다. 그런 그녀에게 유부남은 가족을 만들자고 하니, 그것 역시 그녀에게는 생각해보지도 못한 일이다.

이 모든 것들은 왜곡된 개발신화가 낳은 사생아들이다. 과연 누구를 위해서 잘 살자는 외침이었으며 부르짖음이었던가. 가족원들이 잘 살기 위해서 이뤄졌던 경제행위가 오히려 가족을 몰락하게 하였으니, 한국 현대사의 비극적 역사의 한 장면이다.

그래도 우리는 이 소설을 읽으면서 하나의 희망을 가져본다. 자신이 좋아했던 유부남과 가족을 이루지 않기 위한 이유란, 또 다른 가족의 비극을 낳고 싶지 않기 때문이라는 점이다. 사랑한다고 모든 것이 용인되는 것은 아니지 않은가. 그것을 유정원은 따른 것이다. 가족을 뛰쳐나온 그녀의 행위가 주체성의 회복이라고 볼 수 있을는지 모르지만, 가족의 왜곡된 모순에 대한 저항이자 비판으로 보는 것이 더 타당하다. 그리고 그의 부인을 고려하는 보다 넓은 마음의 표현이기도 하다.

그러나 그 모든 것들에서 그녀의 마음은 가족을 잃어버린 고아와 같이 외롭고 쓸쓸하다. 콘도에서 떨어져 자살하지 않은 것만으로도 그녀는 삶에 대한 희망을 간직하고 있음을 엿볼 수 있다.

결국 조경란은 이런 결말을 통해 인간은 더욱 더 고독하고 외로울는지 모르지만, 다른 사람을 배려하고 더 이상의 비극을 낳지 않으려고 한다면 미래를 기대할 수 있지 않을까를 조심스럽게 제시하고 있는 것이다.

전경린의 《내 생애 가장 특별한 날》은 앞의 조경란 소설과 같이 불륜을 제재로 삼고 있지만 가족의 울타리가 지닌 의미가 그것이 해체되었을 때의 모습을 같이 볼 수 있다. 그러나 조경란 보다 불륜이 가족 해체에 직접적인 동인이 된다. 이 작품은 트렌디드라마와 같은 통속성에서 그다지 벗어나 있지 않지만, 최근 여성 작가들이 보여주고 있는 불륜의 주제성을 가장 잘 드러내 주고 있는 점에서 주목해 볼 필요가 있다.

그리고 은희경의 《마지막 춤은 나와 함께》와 《행복한 사람은 시계를 보지 않는다》와 같은 작품에서 불륜을 제재로 다루고 있다. 그렇다면 불륜이란 무엇인가. 제도와 사회적 관습에서 벗어난 남녀의 사랑이자, 사회적 터부를 깬 낭만성을 지니고 있음을 뜻한다. 통일적이고 합일된 사회적 분위기를 이뤄내지 못할 때 문학은 낭만성으로 가게 되고 그럼으로써 자신의 정체성 찾기를 제도와 관습을 깬 상태에서 얻고자 한다. 90년대 후반에 들어서면서 불륜을 제재로 다룬 작품의 양산은 그 만큼 우리 사회를 이끌고 갈 만한 합의된 담론이 없다는 얘기이며, 달리 말해 일원성이 아닌 다원성이 지배하는 사회라는 의미이기도 하다. 그런 사회에서 불륜을 행하는 것은 곧 자기 자신을 되찾자는 것이 된다. 자아 정체성의 회복, 갈라진 주체성을 복원하기 위해, 그런 내면적 필연성이 불륜을 낳았으며 그것을 통해 이 시대에 살아가고 있는 나를 찾을 수 있게 된 것이다. 그러나 그들이 완전하게 20세기 한국적 가족의 울타리에서 벗어나 있지는 못하였다. 가족이 굴레처럼 자신을 옭아매는 사슬이었기에 그것을 벗어나고자 몸부림을 쳤지만, 일단 그것에서 벗어나자 삶의 비극이 찾아왔으며, 참을 수 없는 아웃사이더로 내몰려지기도 하였다.

90년대 후반에 유행처럼 번진 여성 작가의 불륜은 어쩌면 한국 문학의 불륜이라고 할 수 있다. 그리고 불륜의 비극성을 몸소 체험한 것이 지난 90년대 한국 문학이다.

기억에 의한 글쓰기의 존재성과 미학성, 시대성

신경숙의 창작방법론

부재(不在)에 대한 그리움

신경숙의 소설 쓰기의 특징을 '사라진 기억'을 그리움이라는 정서를 통해 재생시키고 있는 점에서 먼저 찾아볼 수 있다. 그녀는 과거의 기억을 말함으로써 현재 자신이 처해 있는 존재에 대한 인식을 하고자 한다. 즉, 글쓰기를 통해 과거의 기억을 재생하여 놓고, 재생된 기억과 재생하는 자아 사이의 일체감을 갖고자 한다.

기억에 의한 글쓰기가 작품 형상화에 나타난 양상을 사회 역사적 의미와 개인적 의미로 나눠 볼 수 있다. 첫째는 과거 역사에 대한 재생으로서의 글쓰기가 있다. 지난 90년대 근대화의 질곡 속에서 생겨난 비민주적인 정치 제도의 희생이 되었던 인간의 군상들에 대해 이야기를 한 후일담 소설이 좋은 예가 될 것이다. 둘째는 개인의 내면에 잠재되어 있는 무의식을 의식화시켜 나가는 과정을 드러낸 글쓰기가 있다. 이인성이나 최수철과 같은 류의 소설이 여기에 해당된다. 셋째는 이둘의 양상을 접목시킨 글쓰기이다. 여기에 신경숙의 작품이 해당되는데, 그녀는 자신의 잠재된 무의식을 의식화시켜 나가는 과정에 지난 8,90년대 한국의 시대적 상황과 연관시켜 놓고 있다. 대표적 예로 『외딴방』을 들 수 있는데, 이 작품은 그녀의 16세부터 32세까지의 삶을 자서전이라고 할 정도로 사실적으로 그려냈다. 그런데도 그녀는 이 작품 말미에서 '사실과 픽션의 중간 정도의 글쓰기'라고 규정하고 있는데, 그것은 그녀 문학의 특성을 잘 드러내고 있는 대목이 된다. 과거 기억에만 의존하여 글을 쓰지 않고 현재 자신의 입장과 태도, 생각에 의해 과거 기억을 판단하겠다는, 과거와 현재의 상호적 관계성에 의해 글을 써 나갔다는 것이다. 한 작가가 글을 쓰는 것은 자신의 경험을 바탕으로 하지만, 그것을 두고 자서전이라고 할 수 없는 것은 픽션이 가미된 것이고, 그것을 다시 소설 속에 밝혀 놓은 것은 글을 쓰고 있는 자기 자신을 정면으로 탐색하여 보겠다는 의도이다. 한 작가의 실존적 삶의 문제와 소설이라는 예술 세계에 살고 있는 작가로서의 삶이 한

데 어울려 있는 그녀의 작품에서 예술과 삶, 그리고 사회의
질곡들을 모두 읽어낼 수 있어 주목하지 않을 수 없게 한다.
신경숙의 문학에서 기억에 의한 글쓰기가 전체 문학 흐름에
중심에 있다는 판단에 의해 본 글을 쓰게 되었다.

순수기억과 복화술

　　『기차는 7시에 떠나네』의 '하진'이가 잃어버렸던 자신
의 기억을 되찾으려고 과거로 돌아가거나,『외딴방』에서 '서른
두 살의 나'가 '열여섯의 나'로 돌아가 그 시절을 회상하는
방법은 모두 '감각'에 의해서다.『외딴 방』에서 화자가 과거
친구들의 음성을 물방울이 이마 위에 똑똑 떨어지는 것과 같
은 감각으로 느끼고,『기차는 7시에 떠나네』에서 하진이가 과
거 사람들의 음성을 듣는 환청을 경험하는 것도 모두 감각으
로서, 이러한 감각을 통해 의해 과거의 사건과 영상 속으로 되
돌아간다. 인간이 생존을 위한 본능으로서 현실적 이해관계나
실천적 관심, 현실적 행동의 목표 등과 같은 삶에의 주위가 사
라지고 나면 어느 순간 과거라는 시간의 문을 열고 들어가 그
속에 있는 영상과 만나고, 다시 서사(narrative)로 되는 과정을
경험한다. 영상에는 현실의 생존 본능 때문에 잊혀졌던 자신

의 모습이 떠올려진다. 영상이 점차 사건으로 바뀌면서 필연적인 서사가 만들어진다. 이들 소설 속의 화자는 이러한 기억의 재생 과정을 통해 내가 누구인지에 대한 답을 찾는다.

신경숙은 화자와 등장인물을 내세워 자신의 과거 기억을 재생시키는, 즉 글쓰기를 매개로 하여 과거 기억을 되살려 놓는다. 글쓰기라는 행위는 신경숙이 작가로서 반복되는 일상적 습관처럼 되어 있으므로, 그러한 습관을 매개로 하여 과거 속에 있는 순수기억을 되살려 놓고 있다. 그러므로 작가, 화자, 등장인물 사이의 '심미적 거리(aesthetic distance)'는 거의 없다고 하여도 과언이 아니다. 실제로 그의 문학은 사실을 바탕으로 쓰인 작품이 많으며, 특히 장편 『외딴 방』과 단편 「외딴 방」, 그리고 「모여 있는 불빛」 속에 나오는 가족에 대한 묘사는 실제 그의 가족과도 밀접한 관련이 있다. 이와 같은 심미적 거리의 해체는 문학이 곧 삶이라는 역전 현상이 일어나게 한다. 그래서 실제 삶과 허구적 삶과의 경계가 없어져 글쓰기를 하는 신경숙이 예술적 행위를 하는 게 아니라 일상적 삶에서 하는 행위와도 같은 것이 된다. 그러면서도 신경숙이라는 존재는 다시 글쓰기의 주체가 된다. 그러한 글쓰기 속의 작가의 존재는 음악의 리듬과 같은 감각만이 있을 뿐이지, 멜로디나 하모니와 같은 조율은 있지 않다. 자신의 생각을 손가락을 움직여가며 말을 하며 신체의 반응에 민감하게 반응을 하고 그러면서 다시 형성된 영상과 사건 속으로 자신의 존재가 빨려 들어가는 상황에 의해 자신의 존재성을 찾아간다. 이처럼 감각이라는 경로를 통해 자신의 존재성을 확인 받지만 자아의 내면에는 무수한 존재가 떠돌면서 이야기를 한다. 그것을 한 사람의 신체에서 여러 사람의 목소리를 내는 는 '복화술'이라고 할 수 있다.

『기차는 7시에 떠나네』의 주인공이 각기 다른 성격을 지닌 사람의 목소리를 낼 수 있는 성우로 등장하는데 그는 작품에 나, 김하진, 오선주 같은 세 사람의 이름을 지니면서도 의식적으로 서로의 이름을 전혀 모를 정도로 기억의 단절 현상을 지니고 있다. 「모여있는 불빛」에 나오는 소녀 역시 각기 다른 음성을 내는 복화술을 쓴다. 두 작품의 인물이 '내 속에 있는 또 다른 나'를 의식하지 못하고 있듯이 『외딴 방』의 화자 역시 쇠스랑에 의해 발등이 찍힌 체험을 갖고 있는 유년기 시절의 나, 희재 언니의 죽음을 방관했다는 죄책감에 빠져 있는 열 여섯의 나, 그것을 회생하는 나, 그리고 그 모든 것을 사실이라고 고백하며 글을 쓰는 나로 분열되어 있다. 그들은 서로를 인식하며 간섭하고 설명하려고 한다. 전형적인 주체의 분열 현상이라고 할 수 있다. 그것을 작가 신경숙은 인지하여 과거 기억의 재생에 의한 글쓰기를 시도한다. 글쓰기라는 예술과 과거의 기억이 모두 순수기억으로 만나는 지점을 통해 통합되고 일체가 되는, 즉 주체를 재건하려는 것이다.

신경숙이 『외딴 방』을 창작하게 된 동기는 비평가와 독자들로부터 사회와 역사를 외면한 채 '방'과 '집'과 같은 폐쇄적 공간에서 갇혀 지내면서 서정성만을 이야기하고 있다는 비난에서 벗어나기 위해서다. 그녀만의 특성인 복화술에 의해 자신의 내면을 솔직하게 고백하여 버림으로써 그 누구로부터 그녀의 진실에 대해 의심하지 않도록 만들었다. 그래서 어느 정도 창작 의도는 성공한 것처럼 보인다. 소설 속의 여공들이 데모를 하고 현실의 어려움을 온 몸으로 이겨내고 있을 때 소설 속의 화자는 소설책을 읽으며 그들과는 다르다는 식의 행동을 하였다. 물론 성장한 뒤에 그 시대의 어려움과 모순을 깨달을 수도 있으나, '서른 둘의 나'가 가장 기억에 남는 인물이 그 어렵던 시대를 살다가 비극적으로 생이 끝나버린 희재 언니가 아닌 윤순임 언니라고 고백하는 데서 더욱 더 잘 알 수 있다. 윤순임 언니는 어머니와 같이 모든 것을 감싸 안을 수 있는 포용심을 안고 있다. 인생이란 힘들고 어려운 것을 이겨낼 줄도 알아야하고 이해하고 용서할 줄도 알아야 한다는 포용심을 말하고 있는 대목에서 높은 정신적 경지를 드러낸 것으로 볼 수 있는지 모른다. 그러나 하루 16시간 일하고, 미래가 없으며, 매일 같이 인간 이하의 생활을 하는 여공의 삶에서 그와 같은 생각을 할 수가 있을까. 1950년대 대표적 소설인 장용학의 『요한시집』에서 인생의 극한적 상황에 처한 누에보고 비인간적 삶을 살고 있다고 비난할 수 없듯이, 극한적 인간의 삶에서 모든 것을 포용할 줄 알아야 한다는 논리는 오히려 사회와 역사에 탈각된 인간의 모습을 더 잘 드러내고 있음을 반증하고 있는 것이다. 신경숙이 이 작품에서 구로공단과 광주민주화운동에 대해 많은 부분을 할애하여 이야기를 하고 있지만, 그 어느 부분에도 그 시절 인간들이 고뇌하였던 역사성과 사회성을 찾아보기란 어렵다. 가장 두드러지게 나타난 것은 희재 언니를 자신의 잘못에 의해 죽였다는 죄의식에 사로잡힌 주인공의 고민이다. 그러므로 이 작품을 두고 한국 근대사의 역사적 질곡을 형상한 리얼리즘 문학의 승리라고 할 수가 없는 것이다. 신경숙이 관심을 갖고 있는 것은 사회와 역사보다는 인간의 존재성에 대한 것이다. 『외딴방』이라는 작품이 문제작이라고 할 수 있는 것은 글쓰기를 통해 작가 자신의 존재성을 탐색하고 있기 때문이고, 여기서 신경숙의 작품 세계를 바라보아야 한다.

죽음의 메타포와 부성(父性)의식의 상실, 그리고 환상성

　　신경숙이 과거의 기억을 회상하는 자리에 언제나 같이

등장하는 것이 죽음이다. 소설 속의 화자를 통해 '나는 나하고 가깝게 지낸 사람들이 내게서 멀어지는 것보다 그들이 죽는 게 두렵다. 멀어져서 못 만나는 것하고 죽어서 못 만나는 것은 다른 것'(「마당에 관한 짧은 얘기」,『오래 전 집을 떠날 때』, p.212)이라고 한다. 그리고 그 죽음이 자신의 현재를 견뎌내게 하는 힘이 되었다고도 한다. 그런 죽음이 신경숙 소설 전체에 메타포로서, 서사(narrative)로서 자리 잡고 있다. 죽음이란 인간에게 경험할 수 없는 것이어서 삶의 영역을 초월하는 철학적이거나 종교적인 문제라 할 수 있으나, 신경숙에게 있어서는 오히려 가장 인간적인 영역에서 다뤄지고 있다. 그녀의 문학에서 죽음은 크로노스(Chronos)처럼 사라지는 모든 것을 대표하는 시간과도 같다. 그것이 인간의 의식 속에서는 '지속(dure′e)' 되어 흐르는 기억의 문제로 함축되어 있다. 사라지는 것에 대한 안타까움으로 인해 그것을 재생시키고자 하며 나온 기억들이 소설의 서사가 된다. 죽음은 두 가지 양상으로 나타난다.

첫째로 사회에서 터부 되는 것에 대한 위악적인 자세를 취하는 양상이다. 「벌판 위의 빈집」에서 자신의 실수로 아이를 죽게 하지 않았는데도 젊은 엄마는 둘째 아이에게서 '왜 예쁜데 언덕 위 계단에서 밀었어' 하는 말을 듣게 된다. 그것은 작가의 의식이 아니라 정말 아이를 죽이고 싶다는 무의식이 드

러난 '헛 것'의 일종인데 그것을 인식한 화자는 공포에 떨 수
밖에 없다. 자신의 의식 속에 있는 악마성에 놀란 것이다. 그
와 같은 화자를 글쓰기 세계로 끌어낸 것은 작가 자신의 무의
식에 잠재되어 있는 악마성을 현실로 불러 들여 없애 버리고
자 한 의도에 의해서다. 『외딴 방』에서도 화자이자 주인공인
'나'가 희재 언니의 죽음이 자신의 실수였다는 죄책감으로 십
삼년간이나 괴로워한다. 그러면서 혹시 자신의 마음 속에 그
녀를 죽이고 싶었던 마음이 있었지 않았는지 하는 것에 대한
괴로움에 빠지게 되고, 그것을 극복하기 위해서는 의식 세계
로 악마성을 끌어내야만 한다. 그리고 사실 자기 자신은 그런
마음을 갖고 있지 않았다는 것을 증명하기 위해 글을 쓴다.
이 두 작품을 통해 신경숙의 글쓰기란 자신의 내면에 잠재되
어 있는 악마성과 욕망, 그러면서 그것 때문에 받은 정신적
상처를 치료하기 위해서임을 알 수 있다. 결국 자신의 진실을
알리고 그러면서 상처받은 영혼을 달래기 위해 글쓰기를 한
것이다. 『기차는 7시에 떠나네』에서도 하진이 자신의 밀고에
의해 같이 운동했던 많은 사람이 경찰에 잡혀간 것에 대한 정
신적 응징의 대가로 기억상실증에 걸리는 이야기에도 같은
등식이 성립된다. 무엇인가 잘못된 행위에 대한 보상을 받고
자 하는 심리로 글쓰기를 한 것이다.
　두 번째로 죽음의 배경에는 가족이 등장한다는 점이다. 어

머니의 죽음(『기차는 7시에 떠나네』)과 아버지의 병듦(「감자 먹는 사람들」)으로 나타나는 이야기들 속에는 농경사회의 최소단위 공동체인 가족이 몰락하는 과정이 담겨 있다. 신경숙 소설에서 방에서 집으로, 그리고 다시 또 다른 집으로의 이동 경로에는 자신의 유년기 시절을 보냈던 농촌 고향이 중심 자리를 차지하고 있다. 고향집에는 언제나 어머니가 있으며, 그 어머니는 『외딴 방』에서도 나오듯이 거센 폭풍우도 잠재우지 못할 정도로 강하고 억센 성격을 지닌 사람이다. 그런 어머니 옆에는 자상하고 인자하며 자식들을 위해 희생적으로 뒷바라지하는 아버지가 있다. 『기차는 7시에 떠나네』에 아버지와 어머니의 진한 사랑 얘기가 등장하는데, 먼저 간 어머니를 잊지 못하며 지내는 아버지를 자상한 성격의 소유자로 그리고 있다. 그런 아버지는 농촌 공동체에서 보이는 위엄 있고 권위 있는 전통적 가부장의 모습과는 거리가 멀다. 그에게서 아버지의 존재는 아무런 역할을 하지 못하고 있으며, 큰오빠가 그것을 대신한다. 소설 속의 주인공이 열여섯이 되어 서울로 올라와 야학을 다니고, 공장에 가 일을 할 때 세상에서 살아나갈 방도를 가르쳐 준 것이 큰오빠였다. 큰오빠는 힘든 것도 잊은 채 열심히 돈을 벌어와 가족의 생계를 꾸려 나가는 한 가족의 가장과도 같은 역할을 한다. 큰오빠는 가족의 생계를 힘들게 꾸려나가는 책임감을 갖고 있는 것에 걸맞게 가장으로서 가족 구성원을 지배하는 권력도 지니고 있다. 열여섯의 '나'는 아버지가 아닌 큰오빠로부터 사회 질서를 배워 나가면 서 그에게 절대적으로 복종하여야 한다는 심리적 메커니즘도 배웠다. 그러나 큰오빠는 진짜 아버지가 아니라 역할만을 대 신하는 가짜 아버지이다. 아버지에게 가질 수 있는 오이디푸 스 콤플렉스 같은 심리적 반항기제가 없는 상태에서 만들어 진 큰오빠의 존재는 진짜 아버지가 아닌 것이다. 아버지를 부 정하고 거부하다가 그 아버지를 거역할 수 없어 사회 질서를 배워나간다는 정신의 사회화 프로그램을 제대로 통과하지 못 하면 정신 분열과도 같은 상태로 빠진다고 프로이트는 말한 다. 즉, 주체의 분열과도 같은 상태에서 사회적 자아가 쉽게 되지 못한다는 말이다. 그래서 그런지 그녀의 소설에는 동성 애나 근친상간적 사랑이 등장하기도 한다. 그녀의 작품에서 화자나 주인공이 친밀한 관계를 맺고 있는 사람의 성은 모두 여자이다. 『외딴 방』에서 화자이자 주인공인 '나'와 가장 가 까운 사람은 희재 언니와 사촌 언니였으며, 「깊은 숨을 쉴 때 마다」에서는 제주도의 한 소녀이고, 그리고 『기차는 7시에 떠 나네』에서는 외조카 미란이다. 이들 작품에서 화자나 주인공 은 이들과 마치 사랑하는 연인에게 하는 것과 같은 동일화를 이루는 동성애적 사랑의 표현한다. 그리고 「깊은 숨을 쉴 때 마다」와 『외딴 방』에 등장하는 큰오빠에게서 '나'는 사랑이라는 감정을 처음으로 느꼈다(「깊은 숨을 쉴 때마다」, 『오래 전집을 떠날 때』, 창작과비평사, p.285)고 하는 것에서 심리적 근친상간적 사랑을 엿 볼 수 있다.

이와 같은 동성애나 근친상간적 사랑은 사회적 자아로 나아가지 못하게 하며 자신의 내면에 있는 자아만을 믿도록 한다. 인간이 갖고 있는 두 자아 죽에서 사회적 자아가 죽었기 때문에 그녀의 작품에 등장하는 죽음은 자신의 내면의 심리 상태를 드러내는 메타포가 된다. 『외딴 방』과 『기차는 7시에 떠나네』를 보면 낯선 여자로부터 전화가 걸려오는 데 그들은 모두 자살하려고 한다. '나'는 그녀 얘기를 다 들어주며 그녀의 마음과 동일화를 이룬다. 이처럼 낯선 타인과 심리적 일체감을 이룰 수 있는 것은 순전히 그녀의 죽음 의식 때문에 의해서다.

인간 의식에서 기억은 없어지는 것이 아니라 현실적 유용성이 작용하지 않아 무의식 상태로 남아 있는 것과 같다. 그 기억은 우리 두뇌 속에 있는 것이 아니라 두뇌의 매커니즘에 의해 재생된다. 기억은 마치 굳지 않은 시멘트 바닥 위에 찍힌 발자국처럼 영원하게 남아 있으며, 그것을 몸의 기억을 통해 재생한다. 우리 정신과 몸은 이처럼 흐르는 강물처럼 영원히 '지속' 되고 있는 것이다. 그러나 몸의 언어가 현실 사회와 동떨어지게 되면 환각증세를 갖는다. 신경숙 소설 속에 등장하는 인물 기억의 재생을 통해 자기 자신을 인식할 수 없다는 절망감에 빠지면, 사라진 모든 것들에 대화를 나누려고 온 몸의 감각기관을 곧추 세운다고 한다. 그것이 환각(幻覺)이나 환청(幻聽), 환시(幻視) 등과 같은 환상(幻想)으로 표출되어 나온다. 『외딴 방』에서 죽은 희재 언니가 우물 속에서 빠져 나와 현재의 나에게 말을 건다.

> 바람이 부는지 우물이 출렁였다. 그녀가 신선한 냄새를 풍기는 물 속에서 두리번거렸다. "뭘 찾아?" "네가 빠뜨린 쇠스랑." "뭐 하려고?" "내가 끌어내주려고……그러면 더 이상 네 발바닥이 안 아플 거야."
>
> (『외딴 방』2권, p.255)

위 인용문은 희재 언니가 환각으로 나타나 우물 속에 있는 '나'의 정신적 상처를 상징하는 쇠스랑을 꺼내주겠다고 말하는 대목이다. 「모여있는 불빛」에서 닭을 안고 있는 소녀와 대화를 나눈다거나, 『기차는 7시에 떠나네』에서 주인공이 환청을 들으며 기억이 상실된 과거로 들어가는 장면 등에서 환상의 세계가 펼쳐져 있다. 특히 최근 작품으로 오면서 죽음보다는 환상성이 더 많이 보이기도 하여, 죽음의 메타포가 극한점으로 가면 기억 상실증으로 가고, 그것이 다시 죽은 망자와 대화를 나누는 환상의 세계로 가는 것을 보이고 있다.

신경숙 소설의 환상성은 기억의 두 가지 측면에서 행동에 의해 미래로 나아가는 '습관적 기억'이 퇴보한 결과물이며, '순수 기억'에서 헤어 나오지 못하여 어린이의 기억같이 순결하고 절대성을 지닌 그 무엇을 찾고자 하는 것과 같다. 『외딴방』에서 서른 둘의 '나'가 제주도까지 가며 찾고자 하는 것은 결국 '그 무엇'이며 그것은 삶과 예술의 순결한 절대성을 의미한다. 그런 절대성을 지향한 신경숙이 창작방법에서는 모순된 관점을 보여주고 있다.

습관적 기억과 상호텍스트적 심미주의

신경숙 자신의 삶을 밑그림으로 하여 기억을 재생하여 놓은 것 못지않게 문자를 바탕으로 한 텍스트에 대한 기억을 되살려 놓았다. '말중심주의'에서 '문자중심주의로 바뀌어 말이 펼쳐 놓은 세계에서 문자가 살아 있는 세계로 삶을 영위해 나갔다. 『외딴 방』에서 '열여섯의 나'가 최소한의 생계마저 꾸려가기 힘든 생활에서도 꿈을 잃지 않았던 것은 조세희의 『난장이가 쏘아올린 작은 공』을 통해서다. 그가 처음으로 내용을 모두 베껴 쓴 소설이라고 고백하고 있듯이, 신경숙은 『난장이가 쏘아 올린 작은 공』을 통해서 뫼비우스 띠의 진리를 터득하였다. 앞이 뒤가 되고, 뒤가 다시 앞이 된다는, 끊임

없는 순환 의미를 지니기도 하여 인생이란 마치 뫼비우스 띠의 진리와 같이 모두 하나로 통한다는 사실이다. 이것을 그는 『외딴 방』에서 '사실과 허구'가 뒤섞여 있으며, 모든 것이 하나의 유기체를 이룬다는 창작방법론을 내세울 수 있었던 것이다. 이처럼 그에게 문자는 또 다른 삶이었으니, 어릴 때 고향의 아름다움을 실제로 본 것을 통해 깨우친 게 아니라 그림책 속의 백로사진을 보며 인식하기도 한 것처럼, 또는 구로공단 시절 같은 반 친구가 헤겔 책을 읽으며 그 시절을 난 것처럼, 그 역시 커다란 관념의 덩어리를 지니고, 그것에 의존하며 삶의 또 다른 한 면을 지탱해 나왔다.[1]

그것이 소설 창작방법론의 실체를 이루게 하였다 그런 관념성이 창작방법론으로 자리 잡고 있으므로 심미주의자(審美主義者)로 그를 부르는 게 더 타당하다. 자연성보다는 인공성이나 조형성이 앞서고, 삶을 통해 문학을 인식하기보다 다른 작가의 작품을 통해 문학을 인식하는 상호텍스트성을 노출한

---

1) 관념으로 소설을 쓴 것이 사소하지 않은 부주의를 낳았다. 다음은 그의 소설에서 발견된 사실과 다른 내용이다. 『기차는 7시에 떠나네』를 보면 죽은 어머니를 대신하여 사향노루가 아버지의 친구가 되어 레스토랑에 같이 갈 정도로 친하게 지내는 이야기가 나오는데, 실제로 사향노루는 사슴만 봐도 놀랄 정도로 사람이 곁에 갈 수 없을 정도로 겁이 많은 동물이라고 노루 사육사가 증언하고 있다. 또 하나, 주인공의 외조 카인 미란이가 스케이트보드를 다는 대목에 있어서도, 스케이트보드란 바퀴 달린 널빤지 같은 모습을 하고 있고 사람들은 그 위에 그냥 올라서 타면 되는데, 롤로 브레이드를 타듯이 스케이트보드 신발을 싣는다고 몇 번이고 서술되어 있다. 이런 것이 『외딴 방』에서도 어머니가 큰오빠가 처음 취직되었을 때 서울에 닭을 갖고 올라왔을 때 자신의 나이가 열아홉이라고 했다가 똑 같은 상황의 연장선상의 다른 이야기에서는 나이를 열여덟이라 하고 있다.

것이라 할 수 있다. 그러다 보니 그의 문학에 많은 오해가 생길 수도 있다. 『외딴 방』과 오정희의 「옛우물」은 우물이라는 모티프와 우물 속의 쇠스랑의 꺼내는 것과 우물 속의 금빛잉어를 꺼내는 것, 그리고 그러면서 절대적 아름다움을 체험하는 것이 똑 같다. 이 두 소설에 등장하는 화자이자 주인공은 자신의 잘못에 의해 한 생명을 앗아가게 하였다는 죄책감으로 오랜 세월동안 괴로워하면서 지냈으며, 그것을 오랜 시간 동안의 인생에서 알게 됨으로써, 그리고 예술적 아름다움을 체험함으로써 극복하게 된다는 점이 같다. 그리고 『기차는 7시에 떠나네』와 파트릭 모디아노의 『어두운 상점들의 거리』에서 기억상실증 환자 이야기가 나오는 것이 비슷하다. 그러나 이들 작품을 표절이라고 하기 보다는 상호텍스트성 (Intertextuality)으로 보아야할 것이다. 텍스트가 하나의 상태로 고정되어 있는 게 아니라 끊임없이 되쓰일 수 있다는 것을 보여준 게 단편 「외딴 방」과 장편 『외딴 방』인 것처럼, 그리고 『외딴 방』의 맨 마지막 장면인 제주도에서 언젠가 제주도를 배경으로 하여 소설을 쓸 것이라고 하는 데, 그 결과 탄생한 작품이 「깊은 숨을 쉴 때마다」인 것처럼 텍스트가 이처럼 자신의 작품과 다른 작가의 작품들과 깊은 상관성을 지니고 있음을 염두에 두어야 한다. 이처럼 텍스트의 생산과정을 보여준 글쓰기는 매일 같이 반복되는 습관처럼, 텍스트라는 유기체를 통해 반복되는 습관과도 같이 글쓰기를 하면서 나타난 '습관적 기억'에 의해서다. 유년기의 기억을 되살릴 때의 기억이 정체성을 띤 '순수 기억'이라면, 다른 작가의 작품이라는 문자의 기억을 되살릴 때의 기억은 행동성이 강조된 '습관적 기억'이다. 그와 같은 습관적 글쓰기 행동에 의해 작품을 창작한 것이다.

글쓰기 비판 : '내가 있지 않은 곳에 내가 존재하지 않는다'

신경숙의 글쓰기가 죽음의 메타포나 서사가 아니라 미래 지향적이어서 무한한 생명을 상징한다. 그가 작품을 통해 그렇게 죽음에 대해 많이 얘기하면서도 정작 깊은 절망에 빠지지 않을 수 있었던 것도 글쓰기가 지닌 생명력에 의해서다. 내가 있지 않은 곳에 내가 존재하지 않는 것은, 곧 현재의 자신만을 있게 한 것은 글쓰기가 있음으로 가능한 일이었다. 글쓰기는 과거와 미래를 동시에 열어주는 시간과도 같은 것이며, 그 문을 통해 자신의 존재의 근원과 미래상, 그리고 현재적 자아를 볼 수 있게 되었다. 그러나 그것은 분명히 실재(the Reality)가 아닌 허구의 세계이다. 그 속에서 과거의 자신을 찾아내고 살아 있는 생명체와도 같이 의미를 부여해 준다 하

여도 분명히 사람의 숨결을 찾아보기란 힘들다. 이것에 신경
숙은 절망하였으며, 그래서 현실 세계로 나와 사람을 만나기
위해 여러 곳으로 여행을 다녔다. 그러나 그것 역시 그에게는
글쓰기 공간보다 더 낯선 곳이었으며, 자기 자신이 존재하지
않는 곳이었다. 그래서 허구의 공간으로 되돌아오고, 그러면서
다시 허무와 절망 속에 빠지게 되고, 그런 반복된 과정에서
그는 이 세계를 서사를 통해, 곧 완결된 이야기를 통해 복원
하려고 하지만 살아 있는 세계가 되지 못하고, 환상성에 매몰
되어 오히려 비현실적인 세계에 빠지고 말았다. 그 모든 것은
글쓰기가 자신의 세계를 열어 내는 하나의 도구에 지나지 않
는다는 것을 인식하지 못하고 글쓰기 자체에 함몰된 결과이
며, 폐쇄적이고 고립된 자아의 거울과도 같이 되어 아무리 사
회성과 역사성을 얘기한다 하여도 고작 거울 속에 비친 자아
의 얼굴만을 그려낼 수밖에 없었던 것이다. 내가 있지 않은
곳에 내가 존재하지 않는 것은 글쓰기를 통해서만 내가 존재
하기 때문이라고 본 것이다. 그러나 기억의 현재성은 과거 기
억 속에 자신이 존재할 뿐만 아니라 지금 여기에도 존재함을
뜻한다. 그러므로 기억과 글쓰기가 서로 평행관계를 이루면서
긴장관계를 유지해 나가야만 과거 기억 속으로 함몰되어 회
고적 낭만주의에 빠지지 않을 수 있고, 또한 글쓰기만 있는
심미주의에 도취되지 않을 수 있다. 기억이 상징하는 죽음과

글쓰기가 뜻하는 생명, 둘 사이의 긴장감에 의해 생겨난 아우라가 사라짐으로써 미학적 상상력에 대한 시비가 생겨난 것이다. 다양화, 다원화라고 불려지는 지금 우리 시대를 살면서 작가는 추억마저 의미 없는 것으로 치부되어진 상황에 직면하게 되고, 그 속에서 자신의 취향과 맞지 않는 사회성과 역사성을 얘기하다 보니 기존의 미학주의라는 평가에 대해 의심받게 된 것이다. 기억의 문제가 자신의 존재 문제로 확대될 때 그 의미는 있는 것이고, 사회적 배경을 드러내면서 그 문제를 깊이 천착한 인물을 그려내야만 성격화에 성공할 수 있다. 죽음의 문제에 있어서도 하늘 끝까지 날아가고자 태양까지 가다가 타버려 추락해버린 이카루스의 비극을 얘기하지 못하고 있는 점도 그의 문학이 갖는 취약성과 한계를 보여준 것이다. 그렇다고 환상성으로 나아간 점은 초기작에서 문제점으로 지적되었던 사회 현실을 외면한 개인적 내면성으로 퇴보한 것이라 할 수 있다. 한 개인의 내면성이 사회와 역사와 만났을 때 달라질 수 있는 점들을 서사적인 세계로 표현될 여지란 많다. 그런 측면을 좀 더 부각시킨다면 신경숙 문학은 더욱 더 희망이 있다. 섬세하면서도 치밀하게 표현된 언어를 통해 한 개인의 내면성이 시대가 양산해 놓은 문제점을 이카루스와 같이 극한점까지 밀고 들어가 그 속에서 표출된 세계를 문학으로 형상시키는 것이 신경숙이 안고 있는 과제이다.

영화 〈흐르는 강물처럼〉이 한 가족의 단란함과 죽음, 그리고 낚시의 예술성을 통해 인생의 깊은 뜻을 감독이 보여준 것처럼, 신경숙이 흐르는 강물과 같은 인생의 깊고도 참된 면모들을 살펴보고 그 속에 있는 자신의 존재를 예술로 승화시키기를 기대해 본다.

소설의 기원, 기원으로서의 삶

이청준의 『인문주의자 무소작씨의 종생기』
하성란의 『옆집여자』
신경숙의 『딸기밭』

영상의 시대, 디지털 문화의 시대에 소설이 과연 어떤 방식으로 모습을 취하게 될 것인지에 대해 생각해보지 않을 수 없을 정도로 우리 문화예술의 근간인 사회는 빠르게 변하고 있다. 우리 사회는 코리안 드림이라는 말이 생겨날 정도로 역동적이고 다이나믹하여 개개인의 사회적 성취를 이뤄낼 수 있는 개방형을 지니고 있다고 한다. 그만큼 개인의 정체성이 사회 속에, 곧 집단 속에 차지하는 지위와 역할에 의해서가 아닌 자신의 능력에 의해 획득되어진다고 한다. 곧 전통적 유교 가치관에서 근대적 인간 가치관으로 바뀌어가고 있다는 얘기이다. 그런 사회 분위기 속에서 소설이라는 예술 장르가 근대성을 서사적으로 잘 묘사해주던 영광스러운 지위를 계속해서 누릴 수는 없게 되었다. 이미 전통적 소설 문법인 플롯이니, 갈등이니 그리고 성격이니 하는 것들이 해체되어 가고 있다. 사실과 같은 이야기를 통해 독자에게 사실처럼 받아들이도록 하는 전통적 예술적 소통 방식도 와해되어 가고 있다. 언제부터인가 서구에서는 소설을 novel 이라 하지 않고 fiction 이라 하는 것처럼 소설 또한 고정되어 있는 실체로서가 아닌 단지 허구의 덩어리로, 그리고 그것이 유기체와 같이 변하기도 하는 성질을 지니고 있음을 얘기하기 시작하였다. 그래서 그런 허구의 유기적 집합체를 작품Work라 하지 않고 텍스트 Text라고 한다. 텍스트란 구조주의에서 나오기 시작한 용어로서 픽션내의 여러 의미망들이 바둑판처럼 배열되어 있는 구조와 같다는 의미에서 쓰여진 것이다.

소설의 개념과 위상 변화는 급변하는 우리 사회의 모습을 반영한 것으로서 최근에 발표된 소설 또한 여기서 크게 벗어나 있지 않다. 특히 불륜을 소재로 한 소설들(은희경의 『마지막 춤은 나와 함께』, 전경린의 『내 생애 꼭 하루뿐인 특별한 날』)은 전통적 도덕관에서 크게 벗어나 있으며, 사회적 가치에서 일탈된 주제를 다룬 작품들(장정일, 백민석) 또한 마찬가지 양상을 보이고 있다. 지난 계절에 발표된 소설들 중, 하성란의 『옆집여자』, 신경숙의 『딸기밭』, 그리고 이청준의 『인문주의자 무소작씨의 종생기』 등이 일련의 사회 변화를 반영

해주는 작품군에 속하는 것들이다.

그 중 이청준의 『인문주의자 무소작씨의 종생기』는 새로운 시대 소설이란 무엇인지를 표나게 내세운 대표적 작품으로서 일종의 소설가소설의 범주에 속한 작품이기도 하다. 이청준은 일찍이 『소문의 벽』, 『잃어버린 말을 찾아서』와 같은 작품에서 소설이 탄생되는 과정을 소설로 그려내었다. 그리고 『매잡이』, 『선학동 나그네』, 『남도 소리』 등과 같은 작품에서는 예술가를 대상으로 하여 예술가가 갖는 존재론적 지위를 묻고 있다. 그래서 이청준의 작품들을 두고 예술가소설이라고도 한다. 이처럼 그는 글쓰기 자체를 문제 삼고 있으며 그것을 통해 삶이 지닌 의미를 예술과 연관시켜 얘기하고자 한 것이다. 그런 것이 한 권의 작품으로 집약된 것이 『인문주의자 무소작씨의 종생기』이다.

무소작은 어릴 때 꽃씨 할머니로부터 이야기를 들으며 자랐고, 그 이야기를 들으며 마을 바깥에는 새로운 세계가 있을 것이라 생각하여 마을을 떠나 온갖 경험을 다 해본다. 사막에서 일도 하고, 운전수가 되기도 하는 등 온갖 경험을 다하다 보니 이미 나이는 어느새 늙어버렸다. 그는 다시 고향으로 돌아가고, 그곳에서 바깥세상에서 겪었던 일들을 마을 사람들한테 얘기해준다. 그들은 그의 이야기에 재미있어하였다. 그러나 시간이 지나고 그의 이야기에 재미있어 하던 사람들이 시간이 지나면서 차츰 흥미를 잃게 되었고, 그는 지금까지 사실적으로 얘기하던 것에서 벗어나 좀 더 자극을 주기 위해 없는 이야기를 만들어내지만, 그것 역시 실패로 끝나 버린다. 결국 그는 이야기 속으로 사라진다.

> 무소작 노인은 말하자면 자신이 그 꽃씨를 뿌리고 다니는 할머니로 변하여 자신의 이야기 속으로 사라져간 셈인데, 그의 그런 이야기의 행적을 뒤찾아다닌 그 이야기 공부꾼도 그의 마지막 행적, 그러니까 그가 그 이야기 속의 할머니와 함께 마지막 꽃씨를 뿌리고 세상에서 모습을 감춰간 종생의 자리는 아무데서도 찾아볼 수가 없었다는 것이다.(125쪽)

무소작이 현실에서 사라졌지만 꽃씨 할머니처럼 많은 사람들에게 이야기를 제공하는 사람이 되어 상상력의 원천이자 제공자와 같은 역할을 하게 될 것이다. 그런 과정에서 현실이 허구의 세계로, 허구가 다시 현실의 세계로 역전과 치환이 이뤄지며 그들 사이의 경계 마저 무화되어 버린다. 소설이 현실 못지않은 자족적 세계를 지니고 있으며 그 나름대로 합법칙성마저 지니고 있음은 주지의 사실이지만, 그것이 다시 현실로 되어 버린다는 것은 전통적 소설 문법으론 설명 불가능한 일이다. 작가는 이야기 제공자이고, 독자는 그것을 수용하여 이야기 제공자가 누구인지에 대해서보다 그 이야기가 하나의 허구이지만 현실이라고 믿는 의사적 진실체로 믿는다. 그러나 이청준의 소설에서는 이야기 제공자가 독자가 되고, 독자가 다시 이야기 제공자가 되는 소통 관계가 뒤바뀌면서 현실과 허구의 경계가 없어져버렸다. 소설이 더 이상 현실 세계를 반영하는 것이 아니라 오히려 현실이 가공된 허구 세계를 반영한다고 하는 다소 역설적 현상이 벌어진 것이다.

이런 현실과 허구의 세계가 뒤바뀌어지면서 가치관에도 변화가 생겨났다. 곧 다가치의 시대라고 할 정도로 하나의 가치가 세계를 지배하는 것이 아니라 다양한 기준에 의해 생겨난 가치가 세계의 지도 원리가 되어 있는 것이다. 이청준의 소설은 소설가소설을 통해 현실과 허구의 이분법적 경계의 무화를 얘기하지만 그 이면에는 우리 사회가 그만큼 일정 되고 단일한 가치로 설명되어질 수 없는 다양하고 각기 나름대로의 의미를 지닌 체계를 지니고 있음을 얘기하고자 한 것이다. 그리고 그 속에서 인간의 가치란 어느 한 가지로만 설명할 수 없다는 것이다. 이런 면면이 하성란의 『옆집 여자』에도 나타난다.

10편의 단편으로 묶인 이 단편집은 지난해 동인문학상 수상작인 「곰팡이 꽃」을 비롯한 표제작인 「옆집 여자」등에서 하성란의 섬세하고 감수성이 깃든 숨결과도 같은 가냘프고 고운 작품들을 싣고 있다. 특히 「옆집 여자」에서는 전달하고자 하는 주제가 표면적으로는 불명확하게 보일는지 모르지만 그 이면에는 분명하게 작가가 전달하고자 메시지가 강렬하게 담겨져 있다.

남편과 옆집 여자와의 관계, 그리고 가정주부로서 자신의 정체성을 찾으려 하는 주인공, 주인공의 입을 통해 얘기되고 있는 그들 사이의 일상적이면서 가장 근본적인 이야기들이 마치 여러 겹의 실타래를 풀어내듯이 전개된다.

그리고 화자 스스로 생각하고 있듯이 기억의 문제를 얘기하고 있다. 시간이 지나면 지날수록 과거에 대한 기억이 희미해지는 것은 사실이지만 그것은 곧 현실에서의 자신의 정체성의 위기이기도 하다. 현실에서 자신의 존재를 찾을수 없으면 없을수록 더욱 더 과거의 기억이 희미해지고 그러면 자신의 존재란 뿌리가 없는 것과 같이 허공 속에 떠 돌아 다니는 존재와도 같을 수 있는 것이다. 그런 속에서 자신의 정체성을 찾기 위해서는 현실로부터 과거로 이어지는 연결고리를 찾아야만 한다. 그런데, 화자의 현실이란 한 가정의 어머니로서, 아내로서의 역할과 지위에 문제가 있는 여자로 되어 버렸다. 그리고 집 안에 물건들이 자꾸만 없어지는데 그것이 어느날부터인지 옆집에 가 있는 것이다. 자신의 아이는 그녀보고 촌스럽다고 하면서 옆집 여자와 같은 세련된 여자를 더 좋아한다. 그리고 그녀의 남편도 마찬가지로 옆집 여자와 긴밀한 관계를 갖고 있다. 이와 같은 상황에서 그녀는 자신의 정체성을 찾기 위해, 과거의 기억을 되살리기 위해, 그리고 좀더 분명한 기억력을 갖기 위해 세계 도시를 암기한다. 그러나 문제는 기억력에 있지 않다. 옆집 여자와 그녀의 남편은 분명히 불륜의 관계를 지니고 있으며, 그것을 그녀 역시 알고 있다. 그런데도 그것을 인정하고 싶지 않은 것이다. 현실이 너무나 큰 충격으로 와 닿으면 그만큼 자기 자신 속으로 퇴행하듯이, 그녀는 남편의 불륜을 받아들일 수 없는 것이고, 그런 속에서 기억력 감퇴라는 자신의 보호막을 짜 놓은 것이다. 그런 점들을 하성란은 단선적으로, 표면적으로 드러내지 않고, 마치 안개에 쌓인 그 무엇처럼 신비롭고 희미하게 만들어 놓았다. 그리고 그 속에 담긴 이야기의 진실을 독자 스스로의 판단에 따라 찾아보아 라고 한다. 전통적 소설문법에 의한다면 작가가 작품 속에서 던지는 메시지가 분명하면 할수록 훌륭하다고 내린 평가 기준에 의한다면 분명히 이 작품은 낙제점을 면할수 없을 듯 하다. 하지만 작가가 주제의 명료성을 여러 겹의 베일 속에 가려 놓은채 그것을 독자에게 찾아보아 라고 하는 것은 마치 작가와 독자 사이에 벌어지는 언어 게임과도 같은 것이라 할 수 있다. 게임을 통한 진실 찾기는 그 과정에 흥미와 재미를 집어넣어 참여자로 하여금 진실 자체 보다는 과정의 재미를 톡톡히 주고 있다. 이처럼 하성란의 소설 속에 진실이란 그다지 의미가 없다. 다만 그것을 언어 게임과 같은 규칙에 의해 만들어 놓아 그것을 찾아 나가는 재미를 주고 있을 뿐이다. 그런 속에서 소설의 교훈성과 계몽성 같은 전통적 의의를 찾아볼 수가 없다.

신경숙의 『딸기밭』은 그녀의 최근 장편인 『기차는 7시에 떠나네』에서 보여준 것처럼 기억의 문제가 곧 존재의 문제로 연결되어 있음을 볼 수 있다. 그러면서 「배드민턴 치는 여자」와 같은 초기작부터 보여주고 있는 동성애가 다뤄지고 있다. 신경숙 소설에서 동성애는 사랑이라는 큰 범주 속에 있는 각기 다른 양상의 사랑이라고 할 수 있다. 그의 작품에서 화자나 주인공과 친밀한 관계를 이루고 있는 사람은 모두 여자이다. 『외딴 방』에서는 희재언니와 사촌 언니, 「깊은 숨을 쉴 때마다」에서는 제주도의 한 소녀이며, 그리고 『기차는 7시에 떠나네』에서는 외조카 미란이다. 화자나 주인공이 이들과 맺는 관계 방식은 마치 동일 인물이라는 생각이 들 정도로 일체감을 이룰 뿐만 아니라 희재언니와 나, 어린 소녀와 나, 외조카 미란이와 나의 관계는 마치 하나의 인간인 것 같이 생각하고 행동한다 마치 연인처럼 서로의 아픔을 보다 들어 주는 동성애적 모습을 보인다. 그리고 「깊은 숨을 쉴 때 마다」와 『외딴 방』에 동일인물로 등장하는 큰오빠에게서 '나'는 사랑이라는 감정을 처음으로 느꼈다(「깊은 숨을 쉴 때마다」, 『오래 전 집을 떠날 때』, 창작과비평사, p.285)고 하고 있는 것을 볼 때 근친상간적 사랑의 모습을 볼 수 있다. 동성애나 근친상간적 기질 모두 나르시시즘에 의한 삶의 모습이다. 특히『외딴 방』과 『기차는 7시에 떠나네』를 보면 낯선 여자로부터 전화가 걸려오는 데 그들은 모두 자살하려고 한다. '나'는 그녀애기를 다 들어주며 그녀의 마음과 나르시시즘과 같은 동일성을 보인다. 그러나 나르시소스가 죽음으로 끝이 나는 비극을 겪듯이, 신경숙이 자신의 상태가 곧 죽음의 상태와 같은 것이라고 인식하고 있었음을 알 수 있다. 어느 날 갑자기 기억을 할 수 없고, 유년시절 함께 하였던 유를 기억해 내는 일 등을 보여준 『딸기밭』은 신경숙의 이런 죽음의식, 곧 과거 기억 상실 의식의 연속선상에서 다뤄지고 있다.

이들 작품에 나타난 공동된 요소는 소설의 문법이 전통적 체계에서 벗어나 있다는 점이며, 텍스트의 구조를 통해 읽는 재미를 주고 있다는 점이다. 이것은 분명히 새로운 시대의 소설 문법을 보여주는 것으로서 텍스트성을 발현시켜 놓은 것이라 할 수 있다. 앞에서 언급되지 않았지만, 텍스트성을 얘기할 때 최윤의『열세가지 이름의 꽃향기』만큼 치밀하게 짜여진 구조를 바탕으로 한 텍스트성을 보여주는 작품이 드물 것이다. 롤랑 바르뜨가 얘기하였듯이 텍스트성은 곧 글쓰기로 나아가며, 작품이 고정된 실체가 아니라 유기적 체계를 지니고 있어 작가의 유기성과 함께 글쓰기도 그런 성질을 지니고 있음을 말한다. 곧, 살아 움직이는 개체와 같은 성질을 지니고 있어 작가와 독자의 관계가 쌍방 소통적 관계를 통해 텍스트를 형성하고 그럼으로써 새로운 문학 담론을 만들어내곤 하는 것이다. 새천년의 문학은 이들 작품에서 보여준 것처럼 글쓰기의 문제가 전면에 등장하여 새로운 소설 문법체계를 형성할 것이며, 그 속에서 끊임없이 현실과 허구라는 문제를 여러 방식을 통해 구분 짓고 무화시키고 하며 전개되어질 것이다.

미적 전회의 양상

탈근대주의자의 글쓰기
이인성의 『미쳐버리고 싶은 미쳐지지 않는』

양성성으로 나타난 페미니즘 문학
권지예의 작품 세계

사이버와 리얼리티의 경계 허물기
김경욱의 「장국영이 죽었다고?」

역사는 끝이 나지 않았다
성석제의 『인간의 힘』, 최인석 『이상한 나라에서 온 스파이』

탈근대주의자의 글쓰기
이인성의 『미쳐버리고 싶은 미쳐지지 않는』

주체분열과 다양한 글쓰기 방식의 만남

　　이인성 문학의 특징은 크게 3가지 양상으로 나눠 볼 수
있다. 첫번째 양상은 생활세계를 대상으로 하여 재현한 글쓰
기이다. 사실주의에 가까우면서도 일상세계의 시간의 흐름과
공간의 이동과는 달리 화자 내면 의식의 흐름에 의해 서술되
어 있다. 작가의 기억 속에 있는 이미지와 영상들이 필름이
돌아가듯이 언어로 펼쳐져 있다. 여기에 '낯선 시간 속으로'
와 '마지막 연애의 상상'이 해당된다.
　　두번째는 창작 방법을 그대로 소설 속에서 밝혀낸 글쓰기이
다. 단순히 작가가 개입하여 흥미를 돋우거나 독자에게 해설

을 하는 차원이 아니라, 작가가 앞의 이야기에서 사용된 이미지나 의미들을 간접적인 언술로써 설명하고 있다. 이 양상을 한 작품에서 작가가 중간에 개입하여 설명하기, 자신의 다른 작품을 재현의 대상으로 하고 그것을 설명하기, 그리고 다른 사람의 작품(詩)을 작품 안으로 끌어 들여 그것을 바탕으로 하여 재현하고 설명하기로 세분시켜 볼 수 있다. 실제적인 작가 자신의 삶이 기억의 재생에 의해 재현되지만 작가의 상상이 개입되어 다른 이야기로 전개된다. 그러면서 실제 독자를 소설 속으로 끌어 들여 소설은 현실에 대한 대안 세계가 아니라 일종의 허구라는 걸 폭로한다. 연극에서 브레히트의 소격이론과도 같이 그럴듯한 현실이 아닌 허구의 공간에 작가, 화자, 독자 모두 배우가 되어 등장한 무대가 세계이지만 곧 아니라는 걸 주제로 하여 소설로 형상화 하였다. 연작 소설집으로 된 '한없이 낮은 숨결'에서 단편인 「한없이 낮은 숨결」을 제외한 다른 작품들이 여기에 해당된다.

세번째 양상은 문장으로 되지 않고 파편처럼 끊어진 어구들을 나열하거나 띄어 쓰지 않고 이어서 쓴 글쓰기이다. 작가 내면의 숨결과도 같이 언어문법을 따르지 않고 있다. 자동기술적으로 화자의 무의식이 그대로 펼쳐진 것이다. 「한없이 낮은 숨결」이 여기에 해당된다.

이와 같은 세가지 글쓰기의 양상은 공통적으로 화자의 내면이 소설의 재현 대상으로 되어 있다. 일상세계에서 일어날 수 있는 사건이나 형이상학적 문제를 재현의 대상으로 하지 않고, 화자 앞에 하나의 거울이 있어 그 속을 들여다보는 자아의 의식이 어떠한지를 재현 대상으로 하고 있다. 그 거울 속에는 하나의 자아가 있는 게 아니라 여러 명의 자아가 있다. 즉, 작가는 거울을 통해 의식을 가진 이성적 주체가 〈작가로서의 나〉, 〈생활인으로서의 나〉, 〈화자로서의 나〉로 분열되어 있는 모습을 본다. 그러면서도 거울 속에 안 나타난 〈무의식에 있는 나〉가 있을꺼라고 생각한다. 이런 주체의 분열이 어느 곳에 있는가에 따라 여러 방식의 글쓰기로 되어 나온다. 생활세계에 있으면서 자신의 과거를 되돌아 보는 회상의 형식으로 나온 첫번째 양상은 〈생활인으로서의 나〉의 모습이 거울 속에 비쳐 나온 것이다. 기억과 상상이 한데 어울려진 두번째 양상은 〈생활인으로서의 나〉가 작가의 기억 속에 있다가 〈화자로서의 나〉가 되어 이야기를 전개하며, 〈작가로서의 나〉가 중간에 개입하여 창작방법을 설명한다. 그러면서도 〈무의식에 있는 나〉가 구체적으로 작품으로 현현되어 나타나 있지만 어디에서고 그 모습을 감춘 채 있다고 의식을 가진 〈작가로서의 나〉가 말한다. 순전히 작가 내면의 목소리인 세 번째 양상은 〈무의식에 있는 나〉 속에 떠돌아다니던 기표들이 파편화되거나 문장으로 되지 않은 상태로 언어가 되어 나온다. 결국 작가의 의식과 무의식이 넘나들면서 주체의 분열이 일어나고 그것에 걸맞은 글쓰기 방식과 연결되어 문학으로 현현되어 나온 것이다. 중간에 언어세계라는 하나의 장(場)이 있어 이들을 서로 만나게 해주는 역할을 한다. 눈에 보이지 않는 추상성을 지닌 언어세계라는 장이 한 작품 안에 구체적 모습으로 형상된 작품이 중편소설인 「미쳐버리고 싶은, 미쳐지지 않는」('문학과 사회', 1994년 봄부터 겨울까지 연재)이다. 다른 시인들의 작품을 앞에 두고 그것을 통해 세 명의 화자인 〈나〉, 〈너〉, 〈그〉가 이야기를 서술해 나가는 구성 방식으로 되어 있다. 한 명의 시인이 시를 쓰고 있는 '나', 과거의 기억 속에서 방황하며 고뇌하는 '너', 상상을 통해 '너'를 벗어 난 '그'로 분열되어 있으며, 이 이야기는 각기 독립되어 있으면서도 하나로 엮여진다. 그리고 각 이야기 앞에 있는 다른 시인들의 작품은 그것 자체만으로도 전체 소설의 서사를 잡을 수 있는 정서를 유발시키고 있다. 이런 의미를 지닌 이 작품이 비록 중편소설로 되어 있지만 이인성 문학의 주체분열과 다양한 양상들이 한 작품 속에 응축되어 있기 때문에 다른 어떤 작품들보다 높은 가치와 의미를 지니고 있다. 그리고 시인을 등장시켜 글쓰기로 나아가게 된 욕망이 무엇인지를 자의식 노출로 그려내고 있어 이글의 목적인 작가에게서 글쓰기란 무엇인지에 대한 본질적 물음을 찾아 나가는 데 좋은 텍스트라고 여겨진다. 이런 이유를 갖고 「미쳐버리고 싶은, 미쳐지지 않는」 속에서 시인인 화자(話者)가 왜 시를 쓰지 못하고 상상인 허구의 이야기를 펼쳐 보이고 있는지, 그것이 이인성 문학의 글쓰기 양상과는 어떤 관련성을 지니고 있는지, 또한 이런 글쓰기 방식을 통해 작가가 의도하고자 하는 바가 무엇인지를 살펴보도록 하겠다.

결핍된 욕망을 충족시키기 위한 상상의 세계

다른 시인의 작품에서처럼 자신에게도 공포와 같은 일이 일어 난 것에 괴로워하면서 저 멀리서부터의 소리부름인 전화가 오기를 갈망하고 있다. 〈나〉의 과거 기억 속에 있는 〈너〉는 전화를 걸어 침묵으로 일관하고 있는 미친 여자 때문에 괴로워한다. 마침내 〈너〉 속의 또 다른 〈그〉는 느낌만이 있는 감각체가 되어 〈너〉를 옭아매고 있는 미친 여자의 정체를 밝히기 위해 〈너〉의 의식에서 떠나간다. 이렇게 〈나〉, 〈너〉, 〈그〉는 각기 다른 화자로 현재, 과거, 미래의 시간세계 속에 있지만 그런 그들을 지금, 여기서 생각하고 있는 통합된 주체인 〈나〉가 아닌 '나' (추상적이며 표면적으로 등장하지 않은 인물)가 있기 때문에 결국 그들은 하나이다.

청년기 시절에 〈너〉는 광란의 축제와도 같은 이념의 회오리에서 동지인 한 여자를 사랑하였다. 하지만 사랑도 전술 전략으로 여기는 그녀의 시퍼런 눈에서, 분신자살을 제비뽑기로 결정하는 데드 마스크와 같은 그들의 얼굴에서 자신의 의식이 타버리는 듯한 충격을 받았다. 이게 〈너〉의 표층의 존재화가 되어 의식 세계 밑을 떠돌아다니다가 〈너〉의 회상기제에 의해 현실로 나와 〈너〉를 미치게끔 한다. 그러나 미쳐지지 않는 〈너〉는 그녀를 미친 여자로 생각할 수밖에 없게 된다. 분신의 기억과 같이 언제나 떠오르는 그녀의 시퍼런 눈은 〈너〉를 하얗게 질려 버리게 한다. 그러면서도 미쳐지지 않은 〈너〉는 그녀와의 정사장면과 같이 회상되는 성한 여자만을 기억하며 사랑했던 이야기를 시(詩)로 쓴다. 채워지지 않은 것에 대해 충족시키기 위한 욕망을 시로 표현한 것이다. 그런 〈너〉에게 미친 여자는 바로 자기라고 하며 침묵의 전화를 한다. 미친 여자와의 기억을 분신자살을 기억하는 것과 광란의 축제와 같던 그 시절의 기억과도 같이 시로써 지워버렸던 〈너〉는 다시 미쳐버릴 수밖에 없는 지경에 이른다. 다시 시로써 무화시켜 보려고 하지만 결국 되지 않는다. 그의 의식을 억압하는 미친 여자와의 기억 밑에 또 다른 억압기제가 있어 그를 옭아매고 있었기 때문이다.

유년기시절에 친부모가 아닌 의붓아버지, 의붓어머니 밑에 살면서 받은 마음의 상처가 〈너〉의 의식의 지층에 깔려 있으면서 언제나 뿌리 뽑힌 자와 같이 존재의 근원이 없는 자로 만들어 무의식을 형성시켜 놓았다. 이게 〈너〉의 심층의 존재화가 되어 살아가면서 무수히 많은 그림으로 덧칠을 하여 지워버리려고 하였지만 결코 지워지지 않는 운명과도 같이 되어 있었다. 따스한 사랑이 원초적으로 결핍된 〈너〉에게 그녀와의 사랑의 아픔은 더욱 그를 좌절하게 만들었고 에미의 자궁으로 들어가고 싶은 허망한 욕망만을 심어 놓았다. 그러나 그 욕망은 곧 또 다른 결핍을 낳으니 시 쓰기로써 충족시켜나가려고 한다. 하지만 시도 잘 써지지 않는다. 결국 더욱 미쳐버릴 수밖에 없는 상황으로 내몰린 〈나〉는 거기에서 벗어나기 위해 거울 속에 비친 〈너〉를 깨뜨리며, 〈그〉는 〈너〉 속에 있는 미친 여자의 기억들을 지우기 위해 〈너〉에서 벗어나 그녀의 근원을 찾아 나선다. 결국 〈너〉와 〈나〉의 굴레에서 벗어나게 된 〈그〉가 미친 여자도 아니고 성한 여자도 아닌 제삼의 여자를 만난 미래의 이야기는 〈나〉의 상처받은 영혼을 치료하기 위한, 분열된 자아를 되찾기 위한, 그리고 뿌리가 뽑힌 존재의 결핍된 욕망을 충족시키기 위한 상상이자 허구이자 꿈인 것이다. 그 꿈은 이제 사람들 사이에서 잠적하기를 바라고 그들과 계속적으로 정면에서 비껴가기를 바란다. 그런 실존이 고통에서 희열로 바뀌고 언젠가는 잠적에서 돌아올 수 있기를 꿈꾼다. 그리고 존재를 변신시키는 가면을 쓰고 삶이 연극인 것처럼 연기하는 연극이 삶인 것처럼 살기를 바란다.

　이처럼 작가(이인성)은 〈나〉이자 〈너〉인 자아가 결핍된 욕망을 충족시키기 위해 그들의 또 다른 자아인 〈그〉가 있을 상상의 세계로 나아 가 현실과도 같은 허구의 세계에서 주체를 회복하여 살기를 소설로 형상화 놓았다. 그 상상 세계의 구현 방식은 이인성의 다른 작품에서 보여진 첫번째 양상으로서 생활세계의 질서와도 같이 완전한 구조를 가지고 있으며 화자의 의식을 재현한 게 아니라 실제 사건을 재현의 대상으로 하였다. 그렇기 때문에 주체는 분열되지 않고 하나로 통합되어 그 하나 됨의 기쁨을 누리고 있다. 또한 허구이면서도 마치 현실과도 같은 모습으로 되어 있어 전통소설문법처럼 긴밀하게 짜여진 스토리에 의한 플롯도 있으며 인물들의 성격도 잘 드러나 있다. 그러나 결국 이 세계가 허구이기 때문에 작가는 더 깊은 내면의 세계로 침잠할 수밖에 없게 되고 그런 사실 앞에 허망함을 갖게 된다. 이것이 두 번째와 세 번째의 글쓰기 양상에서 잘 드러나 있다.

자기동일성을 회복하기 위한 글쓰기 방식

영혼의 상처를 받은 〈나〉는 먼저 시 쓰기로써 결핍된 욕망을 충족시키려고 한다. 그러나 그 언어는 의식세계로 나오지 못하고 다만 무의식세계에 머물러 있다. 이게 침묵의 말이 되어 파편화된 어구형태로 나타난다.

> 침묵의 말이란……어차피, 말은 아니고…… 겨우 말 같은…… 말을 스쳐가는, 그저 목소리 같은…… 넋두리…… (중략) 그래서 언제나…… 숨결로밖에 들리지 않는…… 숨의, 결로만, 그려지는…… **비유**…… 비유로…… (중략) 한 꽃송이처럼…… **시를 줘**…… 끝내…… 버리지 못하고…… 더럽게…… 그걸 읊조리게 하는, 넋두리……
> ('문학과사회', 1994년 겨울, p.1548. 밑줄은 인용자)

침묵할 수밖에 없게끔 무의식을 억압한 기제에서 겨우 벗어난 말은 겨우 숨결처럼되어 비유로 시를 쓰겠다고 한다. 상상으로써 자신의 기억을 무화시켜버리기를 바라며 쓴 시가 겨울비와 겨울나무이다.

> 겨울비가 겨울 나무의 언 껍질을 적셔 녹인다/쭈글쭈글 두터운 껍질이 풀린다 검게//근질근질 깊은 속살이 가렵다 희게//검은 나무의 손, 가지들이 손톱을/드러낸다 키운

다 투명하게/감는다 제 몸을 친친/긁는다 제 껍질을 박박/
부스럼난 살갗 헤지도록/속살의 상처 덧나도록//검은 살
갗과 흰 속살의 사이에서 붉은/피 돈다. (1148면)
　　겨울비 수억만 개의 날개를 접고/내린다 검은 나무의 검
은 눈까풀을 열고/떨군다 수억만 개 방울 중의 하나/맑은
취기의 술방울로 빚어/검은 나무 몸 안으로
　　(1150면 밑줄은 인용자)

상상의 비가 오지 않아 더 이상 시로 써지지 않는 나무는
검은 나무처럼 타버릴 지경에 까지 이르렀으나, 〈나〉는 비가
내려 나무를 적시기를 바라는 욕망으로 시를 쓴다. 여기서
'검은 나무'는 〈나〉의 무의식의 언어가 은유로 되어 나온 것
이다. 검은 나무라는 기표는 타버린 생명이라는 기의를 만나
고, 타버린 생명이라는 기표는 〈너〉라는 기의와 만나가 되어
결국 검은 나무는 〈너〉가 된다. 기의일 때 〈너〉는 감각을 〈그
〉에게 빼앗기고 의식만이 남아 있어 〈그〉가 가는 길에 과거
풍경 속의 하얀 눈발의 이미지로 되어 있었다. 이와는 달리
검은 나무라는 기표는 타버린 생명이란 기의에 의해 〈너〉존
재의 풍경화에 그려진 기표를 만나고 그 기표는 미친 여자라
는 기의와 성한 여자라는 기의를 만나게 되어 검은 나무는 미
친 여자이기도 하고 성한 여자이기도 하다. 기의일 때의 미친
여자는 푸르뎅뎅한 이미지로, 성한 여자는 분홍빛 이미지로

되어 있다. 이렇듯이 검은 나무는 〈너〉이며, 미친 여자이기도 하고 성한 여자이기도 한다. 그것이 〈나〉의 무의식에서 눈발이나, 푸르뎅뎅하거나 분홍빛 이미지로 자리 잡고 있다가 의식 세계로 나올 때는 각기 다른 기표를 기의로 하면서 하나의 기표인 검은 나무로 나온 것이다. 유년기와 청년기의 상처에 의해 무의식의 세계로 침잠한 말은 결핍된 욕망을 충족시키기 위해 또 다른 욕망을 꿈꾼다. 상상의 세계로 나아가는 것이다. 〈나〉는 〈너〉의 눈이 비가 되어 동백꽃을 적셔주는 생명수가 되기를 바라는 상상으로 '겨울비'는 환유로 쓰여 있다. 결핍된 욕망을 충족하기 위한 환유인 '겨울 비'는 상상의 세계를 뜻한다.

이처럼 무의식의 상태는 파편과도 같은 어구를 표출하였고, 그것을 형상한 시는 검은 나무라는 은유와 겨울비라는 환유의 비유어로 자신의 무의식을 드러냈다. 그리고 상상의 세계인 겨울비가 〈너〉이자 미친 여자이고 성한 여자인 검은 나무에게 생명을 불어 넣고자 한다. 하지만 그렇게 되지는 못하고 붉은 피만 만들어 내었다. 결국 시 쓰기를 통해 분열된 자아를 통합하려는 〈나〉의 욕망은 채워지지 못하고 또 다른 결핍만을 낳았다.

이와 같은 글쓰기 방식은 이인성의 문학에서 보이는 세번째 양상으로서 주체가 분열되고, 어구들이 파편화되며 은유나 환유같은 비유어들이 활동하면서 화자의 무의식 지층의 결을 드러낸 것이다.

그러나 시 쓰기를 통해서도 욕망이 충족되지 않은 〈나〉는 결국 시를 쓰지 못하게 되고 다른 시인들의 시를 읽기만 하게 된다.

욕망충족으로서의 글쓰기

시인은 독자가 되어 다른 사람들의 시를 읽으면서 저 시인과는 다른 양태로 자기에게도 일어난 일에 대해 괴로워 한다.

> 나 자신이 움직여 나 자신을 움직이는, 내 시는 써지지 않는다. (중략) 나 자신을 단지 남의 시의 시적 정보나 정 서로만 알아보며, 나는, 그의 시가 판 고랑인 축축한 공포 에 퍼질러 드러누워. (중략) 그렇게 어느새, 그의 시만이 온통 나이며 나의 늪이다. 빌어먹을, 절망이다. 저 시인에 게와는 다른 양태로, 내겐, 어째서 이런 일이 벌어졌을까?
> ('문학과 사회', 1994년 봄, p.134)

〈나〉는 51개나 되는 다른 시인들의 시를 읽으면서 그 속에

늪처럼 빠져들게 되어 헤어 나오지 못하는 절망에 빠진다. 그리고 그들과는 다른 양태로, 즉 다른 이야기로 자신에게도 일어난 것 때문에 괴로워하고 있다. 시 읽기를 통해 자신의 과거를 회상하고 미래를 상상하고 있다. 기억과 상상이 한데 어울리는 계기가 된 다른 시인들의 시가 이인성 문학의 두번째 글쓰기 양상처럼 생활세계를 대상으로 재현하지 않고 허구의 이야기를 대상으로 재현한 점에서 유사하다 하겠다. '한없이 낮은 숨결'처럼 작가, 화자, 독자 모두가 등장인물이 되어 한 공간 속에 참여하고 있지 않다는 점에서는 다르다. 그러나 앞의 다른 시를 읽고 있는 독자가 이 소설의 화자인 시인이기도 하고, 그 독자가 실제 작가가 되어 정서를 통해 이야기로 된 한편의 소설을 써 놓은 것이기도 하다. 결국 소설이란 앞의 시를 통해 전달된 영혼의 울림을 받았고 작가는 허구의 인물인 시인을 내세워 그 의미들이 무엇인지를 자신 내면을 들여다보는 것을 통해 찾아 나가고 있다. 다른 이들의 시들만 따로 읽어 보았을 때도 화자인 시인이 좌절하고 고뇌하는 까닭을 찾아 낼 수 있으며, 상상의 세계에서도 같은 방식으로 되어 있기 때문에 과거의 기억과 미래의 상상을 이어주면서 하나로 만들게 한 독자가 곧 실제 작가임을 알 수 있다. 이인성의 다른 작품에서처럼 실제 작가가 직접적으로 등장하여 작품을 설명하고 있지는 않지만, 다른 시인들의 시가 곧 작가 자신의 목소리라고 할 수 있겠다. 즉, 다른 시인들의 시는 작가에게 재현의 대상이 되며, 이것을 통해 소설쓰기로 나아간 것이다.

곧 이 소설 자체가 허구라는 걸 알면서도 결핍된 작가의 욕망을 충족시키기 위해 글쓰기로 나아갔다.

근원적인 결핍에 저항하면 할수록 더 깊은 슬픔이 생겨나는 걸 감수하면서도 희망의 광기로 웅얼웅얼 거려 본다.

양성성으로 나타난 페미니즘 문학

권지예 론

섹슈얼리티, 젠더, 페미니즘

　90년대 이후 한국문단에 나타난 가장 두드러진 특징 중 하나는 여성 작가들에 의한 섹슈얼리티, 젠더, 페미니즘일 것이다. 남성 중심적 이데올로기의 해체에 의해 지금까지 상대적으로 홀대를 받은 여성 작가들이 자신의 목소리를 내기 시작하였으며, 민족과 국가, 근대와 이데올로기, 민주와 자유 등과 같은 거대 담론이 와해되면서 욕망, 섹스, 일상성 등과 같은 미시 담론이 등장하면서 나타난 현상으로 볼 수 있다. 여성 작가들에 의한 성의 담론이 욕망의 해방에서 섹스를 관장하던 주체의 바뀜을 통한 사회적 지위와 권력의 이양을 지양

하는 것으로 나간, 전략적 글쓰기의 일환으로 읽힌다. 페미니즘 문학의 시작을 알리는 이러한 글쓰기가 우리 사회에 만연되어 있는 남성중심 이데올로기의 파시즘적 권력화를 와해시키는 데 일정한 기여를 한 것은 엄연한 사실이다. 여성작가들의 글쓰기 속에는 낭만적 사랑이 여전히 많이 다뤄지면서도 남성에게 버림받아 괴로워하고 슬퍼하는 여성들은 더 이상 등장하지 않는다. 남성을 지배하고 타도의 대상으로 여기면서, 사회 제도와 구조 속에서 남성들 스스로 자신의 정체성을 잃어버리는 나약한 존재임을 부각시킨다. 그럼으로써 여성이 삶의 인식에 있어 남성에 비해 상대적으로 우월한 존재임을 내세우는, 완벽한 승리를 기획한다. 그러나 이러한 사회적 승리는 그동안 홀대를 받은 열등의식에 대한 반대급부에서 나온 자아도취에 지나지 않는다는 비판을 받을 수 있다. 남성의 입장에서는 수긍할 수 없는 '그들만의 리그'에 지나지 않을 수 있다. 남성을 싸워서 이겨야 할 대상으로 여기는 적개심과 질투심, 또는 부족한 인간으로 치부하여 버린다면 여전히 남성과 여성의 이분법적 사고에서 벗어나지 못할 것이고, 오히려 성의 의미를 사회적 코드 속에 더욱 고착화시켜 버리는 결과를 초래할 수 있다. 그렇지 않고 여성 스스로 남성을 '침실로 유혹'하여 성의 의미를 무화시켜 버리는 경향도 있다. 여성을 대중문화의 코드 속에 집어넣음으로써 여성 스스로 상품이 되고 상업화의 논리에 빠지면서 남여를 구별하지 못하는 잡종성(hybrid)이 되어버리는 경우가 있다. 이것 역시 섹슈얼러티를 문화적 코드 속에서만 존재하도록 하여 본질 자체가 없어지는 결과를 낳을 수 있는 문제점이 있다. 결국 여성의 문제는 '그들만의 리그'도 아니며, '침실로의 유혹'도 아니다. 섹슈얼리티를 사회, 문화적 코드 속에서만 읽어낼 것은 아니다. 이제부터 보게 될 작가는 우리 문학의 페미니즘, 섹슈얼리티, 젠더의 문제를 앞에서 언급된 상황과는 사뭇 다른 선상에서 이야기하고 있다.

이상문학상을 수상하며 세인들의 관심을 끌기 시작한 권지예는 공지영, 전경린, 은희경, 서하진 등과 같이 여성성을 이야기하는 작가이면서도 그들과 차별되는 그만의 문학적 지형을 갖고 있다.[2] 이들 작가들이 즐겨 다룬 소재인 불륜을 권지예 역시 모티프로 하였지만 그녀들과는 다른 각도에서 서사를 끌고 나간다. 이들 여성 작가들은 결혼이 미친 짓이거나, 아니면 최소한 재미없는 일이며, 불륜적 사랑이 사회적 일탈이 아닌 성의 주체화에 대한 선언이므로 그 결과 탄생한 아이

---

2) 권지예는 26회 이상문학상을 수상하면서 지금까지 2권의 작품집(『꿈꾸는 마리오네뜨』, 『폭소』)을 상재한 신인이지만, 그녀의 문학 세계는 페미니즘 문학 관점뿐만 아니라 문학의 본령적 측면에서도 의미 있는 작가이다. 평범한 이야기를 범상치 않게 엮어 내는 이야기의 직조술, 서사 문학에서 좀처럼 보기 힘든 서정성이 담긴 상징, 인간의 운명적 관계에서 나온 존재의 불안 의식에 대한 조밀한 내면 심리 묘사 등은 자잘한 일상의 이야기에 매몰된 신변잡기적 문학에서 벗어날 수 있는 주요한 모티브를 제공한다. 이것이 본 글에서 권지예 문학 세계를 살펴보고자 한 또 다른 이유이다.

역시 책임과 의무를 동반한 생명체가 아니라는 점을 역설한
다. 그녀들의 글쓰기는 사랑에 의한 남녀의 결합, 사랑에 의한
생명 탄생, 그 속에서 부여받은 '아내'와 '어머니'라는 고유
명사를 파기하려고 한다. 사회적 관계와 문화 관습적 인간 관
계를 그렇게 무시할 수 없는 것이 인간에게 주어진 운명이자
숙명과도 같은 것인데도, 그 문제를 그렇게 쉽게 폐기처분하
여야 할 대상으로 여긴다면, 그렇게 하여 개인의 정체성이 확
보될 수 있다고 믿어도, 그렇게 쉽게 되지 않는 것이 인간의
삶이지 않는가. 권지예는 그처럼 쉽게 단정 지을 수 없는 인
간 관계망 속에서 여성의 문제를 이야기한다는 점에서 섹슈
얼리티의 문제를 사회적 코드의 개인적 내면화 속에서 형성
된다는 것을 주장한다. 이와 같은 시각은 섹슈얼리티를 사회
문화적 코드의 체계 속에서만 볼 것이 아니라, 인간 존재의
물음 속에서 시작되어야 함을 의미한다. 본 글에서 권지예의
작품에 나타난 여성성과 섹슈얼리티의 본질, 그리고 인간다움
의 조건이 무엇인지를 논의하여 보도록 하겠다.

물의 상징과 서술 구성의 다성성

　　권지예의 작품에는 유난히 물의 이미지를 통해 각기 다

른 의미를 지닌 상징이 사용되어 있다. 바다라는 물의 이미지로 된〈사라진 마녀〉, 〈나무 물고기〉, 〈설탕〉등의 작품이 있고, 강으로 나타난 〈뱀장어 스튜〉, 비로 작품 전반의 분위기를 이끌고 있는 〈뱀장어 스튜〉와 〈꿈꾸는 마리오네뜨〉, 화장실 변기통 속의 물의 이미지를 지닌 〈꿈꾸는 마리오네뜨〉, 연못으로 나타난 〈고요한 나날〉등이 있다. 이와 같은 물의 이미지가 작품의 한 요소로만 작용하지 않고 작품 전반을 아우르는 분위기 역할을 하고, 작중 인물의 내면 심리를 드러내고, 또한 주제를 이끌어 내는 상징적 요소로 작용을 하고 있다. 물의 이미지가 각기 다른 상징으로 나타나면서 결국 하나의 의미로 수렴된다. '비'라는 물의 이미지는 인물 내면의 심리를 우울하고 낭만적인 정서를 갖도록 하는 데 작용한다. 〈꿈꾸는 마리오네뜨〉, 〈뱀장어 스튜〉, 〈설탕〉 등에 등장하는 인물들의 내면 정서가 모두 비라는 물의 이미지를 통해 우울하게 나타난다. 우울한 정서는 내면 속으로 자아를 퇴행시켜 성적 리비도가 자아와 동일화를 이루려는 나르시시즘으로 나타나게 되고, 그것은 에로스로 현현된다. 그래서 이들 작품 속의 인물들이 비가 오면 성적 욕망이 생겨나 남자와의 섹스를 그리워하는 것이다.

　강이나 바다로 흘러가는 물은 지나온 인생살이를 비유적으로 표현한 것이다. 〈뱀장어 스튜〉맨 마지막 부분을 보면, 화자인 그녀가 지나온 삶을 회상하고 자신의 잘못에 대해 회개하는 마음을 한강을 내려다보면서 갖는다. 멈춤이 없이 영원히 흘러가는 강물을 보면서 뱀장어 스튜를 끓이는 것과 같이 격정적이고 열정적으로 살았던 지나온 삶이 모두 시간의 흐름 속에 잠겨 버리고, 그러한 삶이 흘러가는 강물과도 같다는 생각을, 쉼 없이, 멈춤 없이 흐르고 있는 한강 물을 보면서 갖는 것은 강물의 이미지에 의해서다. 〈사라진 마녀〉에서도 강물에 대한 인식이 이와 같이 나타나 있다.

> 인간에게 과거란, 시간이란 괴물에 지워져 흔적조차 없이 미미하지만, 역사란 저 물길처럼 거대한 족적을 남기지. 나, 이제 사십이지만 내 지나온 길을 후회하진 않아요. 상처도 영광도 없는 인생이 어디 있겠니. 젊은 친구, 저 물길에다 어제의 상처와 집착과 고통을 다 던져 버리라구
> (〈사라진 마녀〉, 창작과비평, 2002, p.295)

바다와 강에서 흘러가는 물이 돌부리나 흙더미에 막혀 돌아가기도 하는 것처럼, 우리 인생도 살다보면 고통도 있고 아픔도 있겠지만, 어차피 살아야 하는 삶이란 모든 것을 이해하고 용서하며, 끝임 없이 흘러가는 강물과 같은 초연한 자세를 가져야 하지 않겠는가 하는 것을 역설하고 있다.

물이 계속해서 흘러가지 않고 어느 한 곳에 머무르게 되면,

그 이미지는 또 다르게 나타난다. 〈꿈꾸는 마리오네뜨〉에서 남편이 저지른 불륜의 증거를 비행기 화장실 변기통 속에 집어넣는 행위와 〈고요한 나날〉에서 사랑한 유부남으로부터 받은 사랑의 징표를 연못 속에 던져 버리는 행위를 한다. 이것이 갖는 의미를 다음 인용에서 찾아 볼 수 있다.

> 이 터럭들(남편과 성관계를 한 다른 여자의 터럭들)을 내 몸에 지니고 내가 사는 땅에 발을 디딜 술 없다는 생각이 든다. 어쩜 그것은 밤마다 조금씩 자라서 오랏줄처럼 나를 친친감아 맬지도 모른다. 나는 얼른 수첩 속의 터럭들을 변기에 털고 내린다. 내 영혼을 묶었던 다섯 개의 터럭들은 소리도 요란하게 공중 분해된다.
> 〈꿈꾸는 마리오네뜨〉, 창작과비평, 2002, p.57. 밑줄은 인용자의 삽입)

불륜의 증거물을 모두 변기 속에 털어버리고 나자 영혼이 홀가분해졌다고 하는 위의 표현은 고여 있는 물이 인생의 모든 것을 이해할 수 있는 포용력을 의미한다. 남편의 외도를 이해하고, 자신을 버리고 가버린 유부남을 용서할 수 있다는 의미이다. 변기와 연못에 있는 물은 한 곳에 고여 있는 물로서 마치 임산부 배 속의 양수와도 같은 이미지를 연상시킨다. 양수가 배 속의 생명체를 안전하게 보호하고, 새로운 생명의 원천수와도 같은 역할을 한다. 그러므로 새 생명 탄생과 관계된 물 앞에 누군가에 대해 애증을 갖고, 관계된 일에 대한 잘 잘못을 따지는 것이 얼마나 부질없는 짓이겠는가. 그와 같은 작가의 인식이 묻어난 상징이다.

따라서 권지예 작품 속에 나타난 물의 이미지가 갖는 상징은 여성의 자궁, 생명 탄생의 근원을 의미한다. 그와 같은 이미지가 소설 미학의 한 구성 요소로만 그치는 것이 아니라 서술 구성 방식과도 밀접한 관련을 맺고 있으며, 또한 주제를 이루는 요소로도 작용한다. 이제부터는 서술 구성의 특징을 살펴봄으로써 이미지와 어떤 관련을 맺는지, 그것이 갖는 주제 형상화와 어떤 관련을 맺는지를 살펴보겠다.

권지예 소설의 서술 방식의 두드러진 특징은 자기 고백적인 면이 강하다는 점이다. 그렇지만 그것이 혼자만의 넋두리가 아닌 자기 내면 속의 또 다른 사람들과의 대화처럼 되어 있다.

〈꿈꾸는 마리오네뜨〉나 〈뱀장어 스튜〉와 같은 작품들을 보면 여러 시점이 혼용되어 있다. 〈뱀장어 스튜〉를 보면 맨 처음 '나'라고 하는 사람이 등장하여 서술하므로 일인칭시점이 되고, '그녀'와 '여자'라고 하는 삼인칭시점으로 바뀌었다가 다시 끝 부분에서는 '나'라는 일인칭시점으로 되돌아온다. 〈꿈꾸는 마리오네뜨〉도 〈뱀장어 스튜〉와 같이 인물에 대한 초점화(focalization)에 의해 아내와 남편이 각기 화자가 되어 이야기를 서술한다. 〈뱀장어 스튜〉의 구조는 크게 세 부분으로 되어 있다. 맨 처음 피카소가 그의 마지막 애인인 자끌린에게 바친 뱀장어 스튜라는 그림을 보며 인생이란 "화려하지도 않고, 더군다나 장엄하지도 않으며 다만 뱀장어의 몸부림과 같은 격정을 조용히 끓여내는 것이 아닐까"라고 '내'라는 인물이 등장하여 혼자 말을 한다. 그렇게 말하던 '나'가 첫 번째 구조 마지막에 가서는,

> 그러자 <u>한 여자가 떠 올랐다.</u> 이슬비 내리는 파리 근교
> 의 낡은 아파트 부엌으로 조용히 들어서고 있는 그녀……
> (〈뱀장어 스튜〉, 문학사상사, 2002, p.22. 밑줄 - 인용자)

라고 한 여자를 회상하면서부터 여자와 아내, 남자와 남편 사이에 있었던 일들을 이야기하는 화자가 된다. "삶에는 추억이라든가 기억이라는 이름의 구슬이 널려 있는데 그것을 어떤 실에 꿰어서 목걸이를 완성하는 것은 우리들의 몫은 아닐지도 모른다"라고 말을 하는 화자가 되어 목걸이가 곧 끊어질지

---

3) 권지예의 소설이 두 번째 작품집인 『폭소』에 오면 처음 작품집에서 보인 불륜의 미학이 많이 완화되어 있으며, 특히 남녀간이 아닌 다양한 인간 관계에 대한 형상으로 변모하고 있다. 그렇지만 '마리오네뜨', '목걸이'와 같은 인간 관계를 연결시키는 매개체는 처음부터 나타난 현상으로서 권지예가 얼마나 인간 관계의 문제에 집착하고 있는지를 단적으로 알 수 있는 대목이다.

도 모르는 인간의 관계[3]를 상징한다고 한다. 그리고 아내가 사랑하지 않는 남편과의 관계를 유지하는 이유에 대해서도 다음과 같이 말한다.

> 함께 하는 세월 동안 남편은 그녀의 흉터를 핥아 줄 것이고 그것이 사랑이 아니어도 괜찮을지도 모르겠다. 그건 그저 아름다운 하나의 습관, 견딤, 의리라 한들 어떨까. 생이라는 건 질긴 것이다. 구슬을 꿰는 실처럼, 하루하루 끊임없는 애증으로 엮어진 실인 것이다.
> (〈뱀장어 스튜〉, 문학사상사, 2002, pp.56-57.)

인생이란 완성된 목걸이가 아니고 단지 실이 끊어지지 않기를 바라며 매일같이 구슬을 꿰는 것이며, 그 과정에서 온갖 애증을 견뎌내는 것이라고 정의 내리기까지 한다. 그렇게 화자로서 서사를 끌고 나가던 역할을 하다가 소설 마지막에 와서는 다시 등장인물 '나'가 되어 서사 속의 주체가 된다.

> <u>나는 지금 그녀를 보고 있다.</u> 그녀는 강변을 향한 아파트 부엌창에 상반신을 드러내고 있다. (중략) 살아서 펄떡이는 것들을 모두 스튜 냄비에 안치고 서서히 고아 내는 일. 살의나 열정보다는 평화로움에 길들여지는 일. 그건 바로 용서하는 일인지 모른다. 그녀는 이제 집으로 돌아온 것이다. 타이머에서 종소리가 난다.

(〈뱀장어 스튜〉, 문학사상사, 2002, p.57.밑줄 - 인용자)

여자와 아내, 남자와 남편에 초점화를 이루던 것이 '나'라
는 인물로 초점이 바뀐다. 인생에 대해 무엇이라고 정의 내리
는 나의 논리는 앞에서 본 화자가 말한 것과 같다. 결국 화자
와 등장인물이 다른 서사 속의 인물처럼 분화되어 있지만, 그
들이 다시 하나의 큰 서사 속에 다시 만난다는 점에서, 그리
고 인생이란 뱀장어 스튜를 끓이는 것과 같으며, 타이머처럼
언젠가 끝이 날 것이고, 그것 또한 인생이지 않겠는가라고 하
는 공통된 주제를 갖고 있는 점에서 목소리의 주인공은 여러
명이 아니라 한 명임을 알 수 있다. 그렇다면 이 목소리의 주
인공은 누구인가. 이 작품을 보면 여자와 남자, 아내와 남편의
인물에 대한 초점화가 균등하게 이뤄지고 있지 않다. 서사 맨
처음 등장한 '나'가 아파트에 등장하는 한 여자가 보인다고
말하고, 맨 마지막에서도 한강을 내려다보는 그녀가 있다고
하는 것으로 보아 여자와 아내에 더 많은 초점이 가 있다. 결
국 초점화가 여자에게 더 많이 가 있으므로 그와 같은 목소리
를 내는 주인공 역시 여자라 할 수 있다.
　〈꿈꾸는 마리오네뜨〉 역시 〈뱀장어 스튜〉와 마찬가지로 두
명의 서술 주체가 각기 다르게 말을 하고 있지만, 결국 목소
리의 주인은 한 명이다. 이 작품은 남편과 아내가 화자이면서

주인공이 되어 이야기를 끌고 나간다. 프랑스와 한국에서 각기 떨어져 사는 이들은 자신들의 외로움과 고독을 견디지 못해 다른 이성과 관계를 맺는다. 아내가 남편의 그와 같은 사실을 알았을 때 분노를 한다. 그러나 아내는 남편을 용서한다. 인생이란 목걸이의 구슬을 꿰는 일과 같으므로 삶의 애증을 담담하게 받아들이고 잘못을 이해하고 용서하는 것이라는 생각을 하면서 말이다. 그러나 남편은 아내의 불륜을 알지 못한다. 그러니 이해와 용서를 생각할 수도 없다. 이처럼 이 작품은 분명히 이원화된 서사 속에서 초점화가 아내와 남편에게 균등하게 이뤄져 있지만, 사랑을 이뤄내는 것이 어떤 의미가 있는가라는 주제 의식은 아내의 생각을 통해서 드러난다. 이처럼 서사의 균질과는 상관없이 부부간의 애정의 문제를 이야기하는 목소리의 주인공은 여자인 것이다.

작품 속에 분명히 남자가 등장을 하고, 그에 대한 초점에 의해 이야기가 전개되어 있으면서도 동일한 서사 균등으로 등장하는 여자와 외로움과 고독이라는 정서를 공유하고 있으며, 삶의 문제를 생각하고 인식하는 데 있어 여자로 귀결되는 것은 섹슈얼리티의 또 다른 모습을 생각하게 한다. 다시 말해 여자 한 사람이 내는 목소리로 귀결되면서 그 속에 남자의 모습이 함께 들어가 있다는 것은 생물적으로는 여자이지만 심리적 면에 있어 남성성이 내재되어 있는 것이다. 이와 같은 상태를 두고 양성성(androgyny)이 발현된 것이라고 한다.

양성성을 지닌 소설 속 주인공들은 섹슈얼리티의 사회 관습적인 규범과 역할을 무너뜨리고 있다. 〈꿈꾸는 마리오네뜨〉, 〈고요한 나날〉, 〈설탕〉 등에 등장하는 여자 주인공은 밖에 나가 돈을 벌고, 벌어온 돈으로 남편 공부를 시키면서 한 가정 내의 경제활동을 그들이 하고 있는 것으로 되어 있다. 그렇다고 그녀들이 경제활동을 하는 것이 남편이 무능하여, 피치 못할 사정에 의해 그렇게 하는 것은 아니다. 사회생활을 통한 자아 실현이라는 거창한 생각을 갖고 있지도 않다. 다만 그녀들은 살기 위해서 경제활동을 하는 것이지 남편이 경제활동을 하고 안 하고의 차이에서 나오는 선택의 문제가 아니라는 점은 분명하다. 울타리가 싫어 도망친 암컷 원숭이가 새끼가 보고 싶어 스스로 울타리 속으로 되돌아가는 것처럼, 그녀들 또한 종족 보존에 대한 본능적 욕구를 갖고 있는 암컷 원숭이와도 같은 여자이다. 그 여자가 불륜의 결과 임심을 하자, 그 아이를 죽이지 않고 낳고 기르겠다는 본능적 의지는 미혼모로서 사회에서 받을 멸시와 질타 정도는 아무렇지 않다는 것이다. 이처럼 그녀들은 자식에 대한 본능적 사랑을 갖고 있는 점은 여성이라는 섹슈얼리티의 고유한 본능을 너무나 잘 보여주고 있는 것이다. 그런 그녀들이 경제 활동마저 스스로 하여 나가면서 남편에 전혀 의탁하지 않고 독립된 인간으로 살

아가고자 하는 의지를 실천시켜 나가는 모습은 여자라는 생
물적 모습에 남자라는 사회문화적 코드가 내재된 것이라 할
수 있다. 양성성의 사회문화적 의미가 한 여자의 삶 속에 투
영된 모습인 것이다.

이처럼 권지예는 소설 속의 인물 성격을 양성성을 지닌 인
간을 만들어 놓음으로써 이미지, 서술 구성의 다성성, 인물성
격 모두 하나의 주제로 귀결되는 형식미를 실현한 것이다.

잃어버린 아니무스 되찾기를 통한 삶의 깨달음

권지예 소설 속의 여자 주인공들은 사랑을 하고 싶고,
받고 싶어 한다. 하지만 그들의 사랑은 현실적으로 이뤄질 수
없는 불륜과도 같은 일탈적 사랑 방식이 많다는 점이다. 불륜
적 사랑을 하고 싶어 하는 사람의 심리 상태를 융(C. G.
Jung)에 의하면, 여자의 내면에 있어야 할 남성상인 아니무스
(animus)가 현실적인 이유에 의해 억압을 받아 내면화되지
못하고 현실 속에 있는 남자에게 아니무스가 투사(projection)
되었기 때문이라고 한다. 〈스토커〉를 보면 이와 같은 사실이
서사로 나타나 있다. 화자이자 여주인공이 자신을 언제나 지
켜주는 '아르고스'란 개를 잃어버리고, 그 개를 찾는 과정에

서 누군가 자신을 스토킹하고 있다는 생각을 한다. 개 이름을 그리스 신화에 나오는 여자를 지켜주는 수호신인 아르고스라고 이름을 붙인 것처럼, 그녀는 자신을 지켜주는 수호신이 절실히 필요로 하였던 것이다. 그러나 그녀 곁에는 수호신인 아르고스가 사라졌듯이, 스토킹을 당하고 있는 자신을 지켜줄 남자가 있지 않다. 어떤 남자가 그녀를 너무나 사랑하기 때문에 그런다고 한다면 차라리 나을는지 모른다고 까지 할 정도로 남자에게서 사랑 받기를 원한다. 그러나 혼자 외롭게 지낸다는 사실을 약점으로 하여 그녀로 하여금 생명보험에 가입하게 만들도록 한 생활설계사의 음모에 의한 것이라 사실을 그녀는 끝내 모른 채, 자신을 지켜줄 남자를 여전히 갈망하고 있다. 이와 같은 여자 인물의 내면 심리는 권지예 작품에 등장하는 여자들에게 보편적으로 볼 수 있는 심리로서 아르고스, 즉 아니무스(animus)가 없는 여자의 내면세계라 할 수 있다.

아니무스가 없는 그녀들은 맨 먼저 남자를 성적 욕망의 대상으로 생각을 한다. 불안한 심리 상태를 극복하기 위해 성적 리비도의 작동에 의해 타자에게서 남성성을 인식하고 그를 통해 나르시시즘을 느끼면서 자아의 동일성을 이뤄내려고 한다. 또한 남성을 그녀들의 나약함을 보호하여 줄 수 있는 영웅이나 수호신으로 생각을 한다. 이와 같이 아니무스가 그녀들의 자아 속에서 분리되어 다른 남자에게 투영되는 이유는 현실적인 어떤 원인에 의해서다. 외롭고 고독한 정서가 오래 전부터 무의식을 지배하는 어떤 기억 때문이라면 현실 속에서 잠시나마 생겨난 것은 아니다.

 권지예 소설 속의 주인공인 여자들이 심리적으로 불안해하고, 죄의식을 갖고 있는 것은 자신의 몸에서 빠져 나간 아이를 해외 입양시킨 일이나, 아빠와 오빠 등이 자신을 구하려고 하다가 모두 물에 빠져 죽었기 때문이고, 그리고 자신에 의해서 사랑하는 애인이 기차에 깔려 죽은 사건과 같은 일들이 있었기 때문이다. 이와 같은 사건들은 비극적 운명으로서 내면의 무의식을 지배하는 억압기제가 되어 자아의 그림자를 제대로 보지 못하게 하는 막이 된다. 그래서 현실과 자아의 무의식은 차단되고, 남자는 자신의 내면 속에 있는 아니마 (anima)를 의식하지 못하듯이, 여자 역시 아니무스를 의식하지 못하면서 현실에 있는 다른 성에게서 아니마와 아니무스를 발견하려고 한다. 그렇기 때문에 자아 속에서 아니무스가 빠져나간 의식 상태를 갖고 있는 그녀들의 불륜적인 사랑을 두고 반윤리적 행위라고 하기보다는 자신의 자아를 찾기 위한 본능적 확인 과정으로 보아야 할 것이다. 그녀들이 불륜적 사랑을 하면서도 육체적 사랑에 탐닉하지 않았던 것은 진정한 자기 자신을 찾기 위한 몸부림에 의해서다. '내가 누구인

가' 하는 문제에 대해 외롭고 고독하기 때문이라고 이야기를
한 그녀들의 삶에서 인생이란 원심력과 구심력, 중력과 부력,
그리고 굴렁쇠와 같은 것이라고 결론을 내릴 수 있다. 그리고
인생이란 너무도 빠르지도 너무 늦지도 않아야 한다.

> 삶이란 건 숨이 막힐 정도로 아귀가 꼭 맞게 돌아가야
> 하는 바퀴인지도 모른다. 그러나 굴렁대를 쥐고 자신이 원
> 하는 방향으로 자신만의 굴렁쇠를 굴리다가 굴렁쇠를 놓
> 치기도 하는 것, 놓쳐버린 굴렁쇠처럼 가끔은 삶이 주는
> 그런 우연성. 삶이란 것이 얼마나 인간의 의지를 배반하는
> 우스꽝스런 것일 수 있는지를 나는 그에게 말하고 싶은
> 걸까
>
> (〈폭소〉, 문학동네, 2003, p.99)

> 오빠, 이 느낌--- 느껴봐. 너무 빠르지도 너무 늦지도 않
> 아야 돼---
>
> (〈설탕〉, 문학동네, 2003, p.127)

 삶에 대해 중간자적인 태도는 죽음 문제를 초월한다. 그리
고 자신에게 있었던 비극적인 사건은 굴렁쇠처럼 돌아가는
인생에서 어쩌면 우연하게 맞닥뜨린 사건에 지나지 않는다고
담담하게 말을 한다. 인생에서 잘잘못을 따지며 사는 것이 얼
마나 부질없는 짓인지, 그리고 사회적으로 비난받아 마땅하겠

지만, 생명의 고귀함은 사회적 윤리와 도덕으로 대신할 수 없는 것이지 않은가를 역설한다. 그리고 "산다는 것은 무엇인가에 익숙해진다는 의미인가 봐요. 불행이든 고통이든 말이지요." (〈고요한 나날〉, 창작과비평사, 2002, p.31)라고 할 정도로 삶에 대해 성숙되고 관조적인 자세를 보인다. 이와 같이 삶에 대해 깊이 있는 반성과 성찰의 자세를 갖도록 한 것은 자신을 괴롭혔던 모든 사건들을 고백하고 용서를 구하는 참회가 있었기 때문에 가능한 일이다. 자신에게 있었던 모든 일들을 고백하고 참회를 하면서 자아에서 떠나갔던 아니무스가 자기 자신에게 있음을 깨달은 것이다. 자아에서 분리되었던 아니무스가 자아로 되돌아오면서 자아의 정체성을 회복하게 되고, 그럼으로써 자기 자신을 비쳐볼 수 없었던 거울을 다시 꺼내 자기 자신의 존재가 무엇인지, 그리고 삶이란 무엇인지에 대해 성찰할 수 있었던 것이다. 그녀들 중 화가가 된 한 사람은 예술에 대해 이렇게 말을 한다.

　　예술가는 말야. 악령에 쫓기는 불행한 인간이야. 내가 왜 이런 그림을 그리겠냐. 난 살육을 했단 말야. 인간을 도륙했단 말야. 알겠니? 이 그림들은 내 죄의식의 그림자들이야. 처음엔 그걸 은폐하고 싶어서 개를 그렸는지도 몰라. 하지만 나 이제 부끄럽지 않아. (중략) 내가 끊임없이 십자가에 매달려 죄를 짊어져야 하는 거야. 내 그림은 내 죄의 고백이고 참회야. 알겠니?
　　(〈정육점 여자〉, 창작과비평, 2002, p.76. 밑줄-인용자)

　자신의 그림을 두고 자신이 범한 죄의식의 그림자라고 말을
하는 그녀의 목소리에는 모든 것을 고백하고 참회하는 마음
이 담겨 있다. 자신의 내면에 잠재되었던 욕망을 모두 드러내
고, 그러한 자신을 되돌아보면서 삶이란 모든 것을 이해하고
용서하는 것이라는 것을 깨달아 가면서 아니무스의 내면화가
이뤄진 것이다. 이와 같은 섹슈얼리티의 본성은 양성성에 의
해 나타난 것이고, 그 양성성은 인간 내면 심리의 한 요소임
을 보여준 것이다.

페미니즘 문학의 또 다른 형식

　　권지예가 만들어 놓은 그녀들을 통해 모성적 본능을 지
닌 여성성, 경제활동을 하면서 사회적 주체성을 지닌 인간으
로서 인식하는 존재성, 그리고 삶의 문제를 어느 한쪽의 시각
에서만 볼 것이 아니라 균형 감각을 지녀야 하는 양성성을 볼
수 있었다. 여성성, 존재성, 그리고 양성성이 페미니즘 문학을
논의할 때 주요하게 다뤄질 키워드가 되어야 할 것이다. 혈연

과 지연에 의해 맺어지는 사회적 인간관계에 집착하지 않으며, 맹목적 정에 의해 맺어진 각종 집단주의에 매달려서도 안된다. 남성중심사회의 이와 같은 폐단은 인간을 페르조나 (persona)로만 본 것이기 때문이다. 자아의 내면화하는 과정을 통해 진정한 자기를 발견하는 개성과 자기실현으로 나아갈 수 있듯이, 여자라고 사회적으로 규약 하는 제약에서 벗어나 인간의 보편적 본질을 탐구하여 나아가야 할 것이다. 그녀들이 지나온 삶에서 받았던 고통과 아픔을 흐르는 강물에 모두 던져버리고 삶의 의미를 되찾듯이, 페미니즘 문학도 때론 구도자와도 같은 자세가 필요로 한 것이다.

사이버와 리얼리티의 경계 허물기

김경욱의 〈장국영이 죽었다고?〉

〈장국영이 죽었다고?〉는 현실적 삶에서 내 몰려진 인물이 '플래쉬 몹(flash mob)'이라는 행동으로 세상 사람을 비웃고 조롱하는 것을 내용으로 한 소설이다. 서술자이자 주인공인 '나'는 헐리우드 키드이다. 친구들과 영화 대사를 말하고 제목을 맞추는 게임을 즐겨할 정도로 영화를 좋아한다. 영화를 취미나 오락으로 좋아하는 것 이상으로 영화 속의 인물을 동경하고 사랑한다. 그리고 영화 속의 장면이 현실적 삶의 풍경보다 더 기억의 깊은 곳에 자리 잡게 될 정도로 영화에 의해, 영화로 살아온 것이다. 그런 '나'에게 장국영의 죽음은 빛 바랜 기억의 필름을 되돌려 놓는다. 여기에 현실이라고 믿겨지지 않을 정도로 모든 관계의 망이 끊어진 상태에 놓인, 세상으로부터 소개(疏開)당한 '나'의 처지가 더욱 더 장국영의 죽음에 의해 유도된 과거 기억 속으로 부감(俯瞰)하게 한다. 그리고 인터넷이라는 새로운 관계 맺기의 매체가 장국영의 죽음이 혼자만의 슬픔이 아니라 많은 사람들이 같이 애도하고 있음을 알려줘, '나'가 현실적 삶의 질서에서 벗어났지만 자신만의 영화가 아닌, 자신만의 기억이 아님을 자각하게 한다.

'나'는 아버지 사업 실패로 인한 부채를 고스란히 떠안아 신용불량자가 되고, 빚쟁이들에게 시달려 회사를 그만두고 나오고, 유일한 재산인 아파트가 경매에 넘어가는 것을 막기 위해 아내와 이혼한다. 아버지 부채 때문에 신용불량자가 된 '나'에게 왜 유산을 상속 받는다고 했을까, 받지 않으면 부채도 떠안지 않아도 되는 것인데, 라고 어리석었음을 나무랄 수 있다. '나'는 자신의 억울함을 호소하기 위해 라디오 방송국에 자신의 기막힌 사연을 보내지만 한번도 채택되지 않는다. 다른 사연으로 보낸 것들은 속속 채택되어 경품으로 받은 물건들이 고시원 방 가득 채워지는데도, 신용불량자가 되어 아무런 경제활동을 못할 뿐만 아니라 다른 사람들과의 관계도 끊어졌다고 하소연해도, 그와 같은 이야기가 이미 이 세상에 만연되어 있어 재미가 없다고 거절당한다. '나'가 이렇게 어리석음에 빠지게 된 결정적 이유는 '헐리우드 키드'에 있다.

주윤발의 손에서 발사되는 총소리에 짜릿함을 맛보고, 장국영의 허리춤에 매료당하는 '나'에게 현실이란 투쟁과 쟁취의 이 전투구로밖에 보이지 않았을 것이다. 주윤발과 장국영의 '영웅본색'에 의해 매캐한 최류탄 가스 때문에 지쳐버린 심신을 달랠 수 있었던 시대에 '나'가 있었다. 어쩌면 '나'는 처음부터 헐리우드 키드가 아니었을는지 모른다. 취미와 기호에 의해 선택되지 않았기 때문이다. 시대가, 상황이 그를 어두컴컴한 극장에서만 삶이 살아 있음을 보게 하였고, 그 속에서 꿈을 꾸고 살아가게 하였는지 모른다. 회사에 사표를 쓴 '나'를 영화 못지않은, 아니 더 비현실적인 곳으로 인도한 것이 인터넷이라는 사이버 세계이다. 그렇지만 그는 신세대처럼 게임하나 제대로 할 줄 모른다. 그에게 인터넷이란 채팅을 통해 외부와 소통하려고만 할 뿐 즐기고 재미를 느낄 수 있는 오락의 대상이 아니다. 인터넷이라는 사이버 공간에서 살아가고 있는 '나'는 상영되는 영화를 보기 위해 찾아간 극장과도 같이 취미와 기호에 의해서가 아닌 상황에 의해서인 것이다.

'나'는 고시원에서 혼자 외롭게 자연 다큐멘터리를 보든가, PC방에서 아르바이트를 하는 일을 반복하면서 외부와 철저히 차단당한 채 살아간다. 그런 '나'가 이 세상과 소통(疏通)할 수 있는 길은 인터넷 채팅밖에 없다. 채팅을 하면서 이혼녀를 만난다. 그런데 그녀는 자신과 많은 기억들을 공유하고 있다.

자신의 아내와 처음 손을 잡았던 극장, 그 극장에서 상영된 장국영 주연의 '아비정전', 그리고 제주도 신혼여행, 같은 호텔 바로 아래 호실. 이정도 되면 이혼녀가 이혼한 전처 정도 될는지 모른다. 그런데, 그 둘이 같은 인물인지, 아닌지를 구분하는 것이 〈장국영이 죽었다고?〉에서는 중요하지 않다. 이세상에는 얼마든지 같은 시간과 공간 속에서 공유한 사람들이 있는 우연(偶然)이 많기 때문이다. 그리고 이 둘의 동일성에서 차이가 발생하고, 그러면서 다시 동일성의 논리로 반복되는 것은 차연(differance)이라 할 수 있다. 시간과 공간의 동시성에서 차이가 생겨나는 차연은 인생의 의미가 무엇인지를 말해 주지 않는다.

> 데스파라도-장국영이 부른 영웅본색 속편의 주제가 〈奔向未來日子〉를 듣고 있는데…… 가사 중에 이런 대목이 있네요. 인생의 참뜻은 아무도 몰라. 기쁨도 슬픔도 죽음도… 2003/4/15 11:20:57(『문학동네』, 2004년 여름호, 162쪽)

인생의 참뜻은 아무도 모른다는 것이다. 더욱이 기쁨도 슬픔도 죽음도. 어떻게 이 모든 것을 알 수 있겠는가라고 하는 위의 인용은 의미가 해체(deconstruction)되어 있다. 인생이란 어쩌면 아무런 의미가 없는지도 모른다는 것이 플래쉬 몹(flash mob)과 같은 행동으로 표출된다.

미국과 프랑스 등에서 유행한 '플래쉬 몹(flash mob)'이 작
년 12월 31일 한국 대학로에서 2,000명이 모여 벌인 술래잡기
와 같은 놀이로 나타났다. 이 작품에서도 장국영을 추모하기
위해 검은 양복을 입고 하얀 마스크를 쓴 사람들이 '아비정
전'을 상연한 충무로에 있는 어느 극장 매표소 앞에 나타난
다. 그들은 줄을 서 표를 사는 척 하다가 뿔뿔이 헤어진다. 여
기에 '나' 역시 참여한다. 그런데 그 놀이에 참여하는 '나'의
심리는 그 전까지 우울하고 권태로웠던 것에서 벗어나 오랜
만에 맛보는 활력으로 가득 차 있다.

> 믿어지지 않지만 오랜만에 맛보는 활력이었다. 그 뜻밖
> 의 활달한 기운은 세상의 어떤 의미에도 복무하지 않았으
> 므로 나를 더욱 흥분시켰을 것이다.(『문학동네』, 2004년 여
> 름호, 161-2쪽)

세상 어떤 의미도 따를 필요가 없다는 것이 '나'를 더욱 흥
분시켰다는 위의 인용은 '나'가 그동안 의미의 세계에서 질식
할 정도로 살아 왔던 것에서 벗어나고자 하는 몸부림이라 할
수 있다. 플래쉬 몹은 현실로부터 추방당한 군상들이 현실에
있는 인간들에게 하는 항의의 표식이다. 인터넷이라는 사이버
공간에서 언제나 살고 있으면서 현실 세계에 인간들이 어떤
모습으로 살아가고 있는지를 구경하고, 별 것 아닌 것에 의미

를 부여 하면서 폼을 잡고 있는 현실 인간을 조롱하고 싶었던 것이다. 아버지의 부채 때문에 신용불량자가 되고, 아내와 이혼을 하여 현실로부터 소개당하여 혼자 살고 있는 '나'의 처지를 합당한 이유로 설명할 수가 없다. 부조리하고 아이러니한 상황에서 그가 웃고 즐길 수 있는 방법은 그들을 한번 실컷 웃기게 만드는 것이다. 별 것 아닌 영화에 심각한 표정을 지어 보며 살았던 '나'의 인생 여정에서 검은 양복에 하얀 마스크를 쓰고 매표소 앞에 줄을 섰다가 흩어지는 행동이 영화의 한 필름이기 때문에 재미있을는지 모른다. 그렇게 함으로써 현실이 아닌 플래쉬 몹과 같은 놀이, 인터넷이라는 가상공간에서 촉발된 세계 논리에서 이제 '나'는 방외인이 아닌 주인공이 된 것이다.

현실에서 상실된 인간 관계를 영화나 인터넷을 통해 다시 회복하고자 하는 인물을 그린 〈장국영이 죽었다고?〉는 인터넷 문화의 한 단면을 그린 소설이다. 그 어떤 나라 사람들보다 인간 관계 맺기를 좋아하고, 그 울타리 속에서 살아가기를 원하는 한국 사회 공동체에서 인터넷 문화가 새로운 사이버 커뮤니티를 만들어내고 있음을 이 소설은 보여준다. 가상의 공간에서 촉발되어 현실에서 실현하는 플래쉬 몹이라는 놀이 문화가 우리 사회에 널리 퍼지고 있을 때, 사이버와 리얼리티의 경계 허물기에 대한 논의가 이뤄질 때가 온 것 같다. 이 소설이 그러한 징조를 담아내고 있다면, 이제 그것들이 갖는 함의가 무엇인지에 대한 시선으로 옮겨져야 할 것이다. 김경욱의 다음 소설에서 이것을 기대하여 보겠다.

역사는 끝이 나지 않았다

성석제의 『인간의 힘』
최인석의 『이상한 나라에서 온 스파이』

역사는 끝이 났는가.

과거 역사를 바꿀 수만 있다면 얼마나 좋겠는가. 그런 생각을 갖는 것이 현재에 만족하지 않고, 생각하고 싶지 않은 아픔과 상처가 있으며, 초월적 세계에 대한 그리움을 갖기 때문인가. 성석제(『인간의 힘』)와 최인석(『이상한 나라에서 온 스파이』)은 도도하게도 역사를 바꾸려고 한다. 역사의 모태라 할 수 있는 신화, 전설, 전기, 기록 등을 통해 성석제는 지난 병자호란 때 청나라에게 당한 국치(國恥)에서 벗어나고자 하고, 최인석은 80년대의 야만과 욕망으로 얼룩진 세상에서 탈피하고자 한다. 프란시스 후쿠야마가 『역사의 종말』(한마음사,

1992년)에서 말한 것처럼 보편적 절대 세계가 끝이 났다는 것을 이야기하기 위해서인가. 이들이 전근대적 서사 양식으로 지난 역사를 문제삼고, 그 역사 속에 있는 그 무엇인가를 찾아 내려고 하며, 그것을 미적 형상화의 원리로 삼는다는 점에서는 서로 비슷하다. 그러나 현실을 바라보는 태도와 인식에 있어서는 40대와 50대라는 세대 차이만큼 서로 다르게 나타난다.

역사 다시 쓰기 : 성석제의 『인간의 힘』

성석제 소설 속의 인물들은 영화 '고래사냥'에 나오는 인물들과 같다. 이 영화가 고래 잡으러 떠나는 병태와 그 친구들이 벌린 황당한 이야기로 되어 있으면서도 묘한 여운과 감동을 주듯이, 성석제의 소설 또한 그러한 감상을 갖게 한다. 성석제의 『인간의 힘』(문학과 지성사, 2003)에는 기존 작품에서 볼 수 있었던 서술 방법이 집약되어 있다. 매끄러운 이야기(story-line), 현실에서 쉽게 볼 수 없는 로만스적 인물, 촌철살인적 문체, 삶의 아이러니, 단편소설「유랑」과 「고수」와 같은 '서(序) - 이야기(편지, 대담, 전기) - 후(後)'의 액자 구성 방식 등이 그러하다. 비현실적인 인물을 통한 비현실적인 이야기가 이 작품에도 나타난다. 채동구라는 인물은 뭔가 모자라는 듯 하면서도 비범성을 지닌 '황만근'(「황만근은 이렇게 말했다」)과 '조동관'(「조동관약전」), 대범한 듯하면서도 평범한 '폭력배 두목'(「내 인생의 마지막 4.5초」)을 합쳐 놓은 것 같다. 채동구는 채담 가문의 후손으로 태어났지만 서자이기 때문에 벼슬 하나 얻을 수 없는 사실에 괴로워하고, 어떻게 하면 서자로서 받은 차별을 극복하여 출세를 할 것인가를 궁리한다. 그러던 차 나라에 큰 위기가 닥쳤다는 소식을 듣자 나라와 임금을 구하려고 집에서 출두를 한다. 그러나 그것이 번번이 실패로 끝나자 방법을 달리 하여 임금에게 나라를 개혁하자는 취지의 상소문을 올린다. 그것에 대한 답장을 받으면서 그의 이름이 널리 세상에 알려지게 되고 이원겸이라는 뼈대있는 선비가 그를 따르게 된다. 청나라가 침입해 들어와 임금이 남한산성으로 피신하였다는 소리를 듣자 그는 다시 출두를 결행하고, 그 결과 청나라에까지 끌려가 온갖 고초를 겪고 난 뒤 삼학사에 견줄만한 충의와 지조 있는 인물로 추앙을 받고, 인생 말년에는 원하던 벼슬을 얻고 후대에 가서는 더 높은 벼슬에 오른다.

채동구라는 인물의 일대기를 통해 성석제가 이야기하고자 한 것은 당시 유교적 선비 사회의 위선이다. 조정과 나라의 안위를 걱정하는 선비들이 나라가 풍전등화의 위기에 닥쳤는데도 갑론을박에만 매달리는 것을 보고 실천이 얼마나 중요한 일인가를 말하고 싶은 것이다. 그것을 직접적인 비판으로 하지 않고 풍자의 방법으로 하고 있다. 풍자가 일반적으로 대상을 우스꽝스럽게 만들거나 경멸하고 조소하여 대상이 갖고 있는 위엄과 권위를 무너뜨리는 것에 비해, 이 작품에서의 풍자는 보통 이하의 인간이 보통 이상의 일을 하여 인간 승리로 결말을 맺는 방식으로 되어 있다. 보통 이하의 인간도 나라의 위기 상황에서 사리사욕에 얽매이지 않고 목숨을 걸고 나가 싸우는데, 하물며 그럴만한 능력이 있는 인간들이 가만히 앉아 있기만 하니, 이러한 사실이 작가의 눈에는 마땅치 않았던 것이다. 그것이 마치 오늘날 위정자들이 대의와 신념을 지키지 않고 당리당략과 이해와 타산에 의해 행동을 하는 것을 꾸짖는 또 다른 풍자처럼 보인다.

성석제가 몇 백년 전 역사적 사건으로 돌아가 여러 세태를 풍자하여 놓은 또 다른 이유는 병자호란 때 우리나라 임금이 청 태종 앞에 무릎을 꿇고 항복을 한 역사적 사실이 너무나 치욕스러웠기 때문이다. 그리고 줏대도 없으며, 의리와 신념도 없는 민족이라는 식민주의 역사관에서 탈피하고 싶어서이다. 그래서 신념과 의리, 실천을 목숨처럼 여기는 채동구라는 인물을 그려내어, 그를 통해 치욕스런 역사를 자랑스런 역사로 바꿔 보고자 한다. 그렇다고 다시 쓰여진 역사가 사실이라고 억지를 부리지는 않는다. 성석제가 『오봉선생 실기』를 읽고,

채동구의 삶이 기록되어 있는 『만구선생 실기』라는 허구의 기록을 만들어내고, 그것을 『조선왕조실록』이나 『승정원 일기』, 『연려실기술』등과 같은 역사적 기록과 비교 대조하여 『만구선생 실기』가 후손들에 의해 채동구의 삶이 과장될 수도 있음을 내비친다. 역사에서는 가정이 없으며 조건도 없을 정도로 형해(形骸)와도 같은 사실만이 있을 뿐인데도 그 사실을 또 다른 사실적 기록이라는 '실기(實記)'를 통해 허구로 만들고, 그 허구가 또 다른 사실을 통해 사실이지 않음을 밝혀내고, 즉 사실과 허구의 변증법적 관계를 되풀이한다. 그러한 과정을 통해 결국 진실은 하나라는 명제를 드러낸다. 결국 성석제가 역사 다시 쓰기를 통해 말하고 싶은 것은 역사 속에 담긴 진실이다. '채동구의 전기' 앞과 뒤에 있는 '서(序)'와 '후(後)'를 보면, 채동구의 후손인 '외숙'이 '채동구 선생 고유제'를 지내면서 채동구가 이원겸으로부터 빌려 간 말〔馬〕값을 지불하기 위해 이원겸의 후손을 의식에 초대를 하는 대목이 나온다. 채동구가 몸으로 보인 신념과 의리를 그의 후손인 '외숙' 역시 실천하고 있다. 결국 전기 바깥의 현실과 전기 속의 과거, 그리고 사실 문헌과 거짓 문헌 사이를 반복하는 과정을 통해 작가가 말하고 싶은 진실이란 변하지 않는 인간의 의리와 신념이다. 비록 치욕스런 역사 때문에, 일제에 의해 만들어진 식민사관 때문에 역사를 다시 쓰고자 하지만, 그 역사 너머에 변하지 않는 절대적 진리란 이처럼 엄연히 존재하고 있음을 보여주고자 한 것이다. 다시 말해 역사란 얼마든지 다시 쓸 수 있는지 모르지만, 역사의 본질이란 그렇게 쉽게 훼손되지 않으며, 우리도 이처럼 자랑스러운 정신을 갖고 있는 민족임을 말하고자 한 것이다.

성석제의 역사 다시 쓰기와 그 속에서 변하지 않는 절대적 진리가 있음을 깨닫는 과정을 통해 소설이라는 문학 장르에 대한 작가의 미의식을 엿볼 수 있다. 설화나 전설, 전기 등과 같은 전근대적 서사 양식을 근대적 서사 양식의 소산인 소설 속에 적극적으로 사용한 것은 소설이라는 서사 양식이 고정된 실체가 아니라 언제나 변할 수 있는 유기체와도 같다는 의식에 의해서다. 채동구의 인물 성격이 표면적으로는 전근대적인 것으로 보인다. 근대소설이 형성되면서 나타난 문제적 개인과 리얼리즘 소설의 전형적 인물이라는 범주로 그를 보면 낙차가 많이 난다. 신념이나 의리를 중요시 여기는 세계관 또한 중세적 종교의 세계에서 널리 통용되던 것으로서 근대적 인간의 세계관과 어울리지 않는다. 그러나 이성이나 합리성에 의해 운영되는 근대를 비웃기라도 하듯, 인간의 신념이나 의리를 이들 보다 우위에 두고 서자로서 받았던 신분 차별이라는 봉건적 관습을 극복하고, 개인의 노력으로 벼슬을 하여 많은 사람들로부터 존경을 받는 주체적 인물을 만들어 냈다. 역사가 바뀌고, 세대가 달라져도 신념을 바꾸지 않으면서, 불리한 삶의 환경을 유리하게 만드는 채동구야말로 가장 근대적인 인물이지 않겠는가. 이와 같이 전근대적 서사 양식 속에서도 근대적 인물을 만들어낸 것은 성석제만의 소설 쓰기 방법에 의해서다. 그는 다양한 서사 양식을 소설 장르 속에 실험적으로 사용함으로써 소설의 새로움을 열어 놓았다. 그와 같은 글쓰기가 어떤 연유에 의해 가능하게 되었는가.

성석제는 다른 40대 작가들에 비해 지난 8,90년대 한국 사회에 대한 부채가 없는 듯 하다. 폭력과 억압, 인간의 자유가 말살되고 이유 없이 죽어야만 하는 시대를 지나온 그가 8,90년대 거대 담론의 문제에 대해 침묵하고 있는 것은 삶을 다른 방식으로 이해하고, 그것을 현실적 삶 못지않은 자족성을 지닌 문학에서 표현할 수 있기 때문이다. 2,30대 나이에 모두 다 민주화를 외친 것은 아니다. 대학 축제날 데모하는 학생들이 있는 반면 쌍쌍파티에 들어가기 위해 미팅에 열중하는 학생들도 있었다. 후자의 학생을 두고 비난하고 시대의 흐름에 역행하는 민족의 배반자라고 낙인찍어서는 안 된다. 우리는 역사를 어느 한쪽의 고정화된 시선으로 보아서는 안 되지 않는가. 성석제의 실제 대학생활이 어떠한지를 아는 것이 중요하지 않다. 정작 중요한 것은 그가 생을 인식하고 문학으로 형상화하는 데 있어서 역사에 대한 부채 의식이 없다는 점이고,

역사를 허구의 문학으로 끌어들일 수 있는 미적 형상화의 원리를 갖고 있다는 점이다. 성석제의 『인간의 힘』이 과거 역사의 무게로부터 벗어나 자유롭게 역사를 바라볼 수 있는 출구를 제공하고 있는 점에서 그의 다른 소설들보다 더 돋보이게 한다.

역사를 초월한 환상적 세계 :
최인석의 『이상한 나라에서 온 스파이』

최인석의 소설을 읽고 나면 우울해진다. 그 속에 담긴 우리들의 과거가 너무나 참담하고 암울하기 때문이다. 그의 소설은 빛바랜 흑백영화 같다. 차라리 흑백영화이기를 바라는지 모른다. 칼라로 되면 너무나 잔혹하여서. 그것이 지난 7,80년대 우리들의 역사이다.

『이상한 나라에서 온 스파이』(창작과 비평사, 2003)는 고아로 태어난 심우영이 이태원에서 밀매업을 하며 살다가 80년대 군부독재에 의해 삼청교육대로 끌려가고 하는, 비루하게 살다 간 한 인간의 이야기를 중심으로 광주민주화운동이나 '양키 고홈'과 같은 야만의 시대를 그려내고 있다. 심우영이 그와 같은 시대 속에 살면서 삶을 지탱하고 고난을 이겨낼 수 있었던 것은 '열고야'라는 신화적 환상 세계에 의해서이다. 중국 신화에 나오는 '열고야'는 토마스 무어의 '유토피아'이고, 벤야민의 '아우라'의 세계와 같다. 그런데 그 세계로 가기 위해서는 지네가 되든지, 우물을 지구 반대편까지 파든지, 변신을 해야만 가능하다. 이처럼 최인석의 소설은 환상의 세계로 현실이 갖는 의미들을 바라보게 한다. 그리고 그 환상은 현실 못지않은 사실성을 지니고 있어 현실과의 이분법적 세계를 무화시켜 놓는다. 『아름다운 나의 鬼神』과 『서커스 서커스』에서 보았던 환상의 세계가 이 작품을 통해 보다 구체적으로 생생하게 서사 전면에 걸쳐 나타난다.

은행나무의 파란불이 심우영이 고아원을 탈출할 때부터 따라 다녀 그가 마약을 하고 난교에 빠질 때마다 나타나곤 한다. 그것은 심우영이 본 환각이다. 그리고 심우영은 가끔씩 자기 자신이 지네로 변태하여 있는 모습을 보곤 한다. 이와 같은 환각과 환상은 선험적이기도 하고 현실 도피적이기도 하는 양면성을 지니고 있다. 인간이 어떤 경험을 하기 이전부터 알게 된 환영에 의해 삶의 동력을 얻는다면, 현실이 추하고 더러우며 야만과 욕망이 희번덕거리는 세상으로 보이게 될 것이다. 아니면, 현실의 너무나 고통스러운 경험에 의해 환각의 세계로 빠져든다면, 현실은 목숨까지 갉아먹는 욕망의 세계로 보이게 될 것이다. 환영이나 환각 모두 환상의 일종인데,

그 환상을 현실과 비교하여 볼 때, 어느 것이 먼저인가에 따라 선험적 절대 세계로 나아갈 수 있고, 아니면 마약과도 같은 망각의 세계로 빠져들 수 있다. 『이상한 나라에서 온 스파이』에서는 이 두 가지 경우가 처음에는 같이 있다가 마약이 절대 세계에 의해 밀려나는 양상으로 된다. 심우영이 이태원 나이트클럽에서 친구들과 마약에 빠지는 것은 현실적 삶으로부터 도피하기 위해서다. 그러한 마약에서 구출하여 준 것은 은행나무 파란불이라는 환각에 의해서다. 그것은 자기 자신을 되돌아보는 거울과도 같아, 그 거울이 자신의 모습이 지네와도 같다는 점을 비쳐 보인다. 그러자 그는 지네에서 인간이 되고자 한다. 준태가 심우영을 잡으러 왔을 때 그는 우물 속에 있었고, 작은녀가 준태에 의해 손가락이 하나씩 부러지는 고통을 당할 때 우물 속에 지네처럼 숨어 가만히 있어도 되는데도, 그는 우물을 기어 나와 인간이 되어 그녀를 구하려고 한다. 결국 그녀의 생명을 구하지 못하지만, 그는 이제 지네에서 인간이 되고, 현실 도피적 마약과도 같은 환각의 세계에서 절대적 이상의 세계가 있는, '열고야'가 있는 환상의 세계로 들어가게 된다. 죽은 작은녀의 후계자가 된 심우영을 환영이라도 하듯이, 지네가 용이 되어 하늘로 승천하고, 죽었던 은행나무에 잎이 나고 열매가 맺는다.

『이상한 나라에서 온 스파이』가 현실과 환상이라는 이분법적 구도가 완전히 무화되어 하나의 세계로 동화된 것은 최인석의 현상 너머에 있는 본질을 찾기 위한 노력의 결과이다. 심우영이 우물을 파는 행위는 최인석의 역사라는 현상 속에 숨어 있는 진실을 밝혀내고자 하는 노력에 대한 상징이다. 그 진실이란 유토피아적 절대 세계이다. 아무리 역사가 우리 삶을 고통스럽게 만든다 하여도 그것을 이겨낼 수 있는 것은 선험적 절대 세계가 있기 때문이다. 그것이 문학이라는 예술 장르로 형상화하는 데 있어서도 민담이나 설화, 전설과 같은 경험 이전의 세계를 말하는 이유가 된다.

최인석은 성석제와 마찬가지로 민담이나 설화, 전설 등을 차용하여 소설을 구성하곤 하는데, 『아름다운 나의 鬼神』에 우렁각시 민담이 나오듯이, 『이상한 나라에서 온 스파이』에서도 《열자(列子)》 '황제편(皇帝篇)'에 나오는 '열고야'라는 전설이 등장하는 것에서 알 수 있다. 그 전의 작품에서 설화나 민담, 전설 등을 부분적으로 사용하였는데 비해 이 작품에서는 현실 이야기와 대립되는 서사의 한 축이 되게끔 하였다. 구성 방식에 있어서도 성석제의 『인간의 힘』과 마찬가지로 '프롤로그 - 심우영의 이야기 - 에필로그'의 액자 구성 방식으로 되어 있다. 심우영의 이야기는 프롤로그와 에필로그에 있는 서술자이자 주인공인 '나'가 취재한 한 인간의 파노라마적 삶에 대한 전기(傳記)로 되어 있다. 그러면서 '나'는 이 이야기가 단순한 삼청교육대를 체험한 한 인간의 이야기가 아니라고 한다. 우리가 살아가고 있는 세상이 얼마나 "어처구니 없고 가소롭고 야만적이고 희극적인 세계"(9쪽)이기 때문에 그는 지난 우리 삶을 대변하는 인물인 점을 내세운다. '열고야'라는 허무맹랑한 이야기를 하는 심우영의 말을 한자도 빠짐없이 옮겨 놓겠다는 '나'의 말 속에도 현실이 얼마나 고단하였으면 모두 밝혀 놓겠다고 하는지를 알 수 있다. 이와 같이 소설 속의 본격적인 이야기에 대해 무엇이라고 간섭을 하고 평가를 내리고, 의미를 밝혀내는 방식은 성석제가 『인간의 힘』에서 채동구의 삶이 갖는 의미를 '후(後)'에서 밝혀 놓은 것과 같다. 그만큼 이들 작가는 전기를 통해 독자에게 전달하고자 하는 메시지가 강하였던 것이다.

최인석이 애써 한 인간의 전기를 갖고 와 지난 시대를 말하고, 현실 초월적 이상 세계를 말하고자 한 것은 그 만큼 현실에 대한 부채가 많기 때문이다. 야만과 폭력과 억압, 인간이기를 포기한 자의 만행의 역사 앞에 인간의 모습으로 살 수 없고, 그리고 그런 기억을 갖고 있는 사실이 더욱 더 자신을 억압한다. 그 역사를 어떻게 홀가분하게 벗어 던질 수 있겠는가. 그는 50대 작가로서 그 어떤 세대보다 한국 근대 역사의 질곡 속에 벌거벗은 채로 있었다. 그 부채를 다 짊어지지 못하여 이제 내려놓으려고 한다. 그 방법을 그는 초월적 환상 세계로 이야기하고자 한다. 역사라는 사실과 환상이라는 허구의 만남, 그 부조화의 만남이 문학이 될 수 있는 것은 역사성이라는 보편적 진리, 절대적 세계에 의해서다. 현실이 너무나 싫어 역사성과 같은 절대적 세계를 꿈꾸는 작가의 유토피아적 세계 지향이 잘 드러난 작품이『이상한 나라에서 온 스파이』이다.

역사는 끝이 나지 않았다.

눈에 보이는 현실이 마음에 들지 않고 못마땅하여도 그 너머에 있는 진리마저 의심할 필요는 없다. 사회주의가 몰락하고, 정보와 자본에 의한 세계화가 이뤄져 역사는 끝이 났다고 후쿠야마가 외쳐도 그 속에 있는 진실은 역사를 초월하여 있는 법이다. 지난 우리 역사 또한 마찬가지이지 않겠는가. 눈을 감고 한탄을 하여도 엄연하게 있는 사실을 바꿔 놓을 수는 없다. 설령 바꿀 수 있다 하여도 시간을 초월하여 관통하며 변하지 않는 삶의 진실이란 엄연히 존재하는 것이다. 역사는 끝이 나지 않고 영원하게 흘러간다. 그것이 우리들의 현 존재를 있게 한다. 성석제의『인간의 힘』과 최인석의『이상한 나라에서 온 스파이』는 역사는 다만 다시 쓰일 뿐 그 속에 있는 진실은 영원하다는 것을 이야기한 작품이다.

예술가적 자의식에 의한 소설의 세 양상

윤리성에 의한 자아 정체성 찾기
박태원의 『소설가 구보씨의 일일』

예술가의 초상화
이청준의 예술가 소설

고백적 이야기
신경숙의 『외딴방』

윤리성에 의한 자아 정체성 찾기

박태원의 『소설가 仇甫氏의 一日』

들어가는 말

　　1930년대 한국모더니즘문학의 등장은 30년대 초의 정치적 정세의 악화, 리얼리즘 문학의 상대적 침체, 전대의 다다이즘·표현주의 문학 등이 계기가 되었고, 여기에 일제의 시장확대정책에 따라 급격한 도시화의 과정 속에 있었던 서울과 그 속에서 자라난 도시세대(구인회)의 등장이라는 문학세대적인 조건에 의해서다. 무엇보다 모더니즘 문학이 도시화라는 배경으로 나타났다는 점에 주목할 필요가 있다. 1930년대의 서울은 풍경은 휘황찬란한 거리이고 일본어로 된 광고탑, 외국어로 된 카페와 다방 간판들, 미쓰꼬시 백화점, 에스컬레이터, 자동차와 마차와 인력거, 한복과 일본옷과 양복, 네온싸인, 외국영화, 다방에서 흘러나오는 서양 고전음악과 미국 째즈 등이 모두 뒤섞여 있다. 이런 서울 하늘 아래 태어나 성장한 소설가가 박태원과 이상이다. 도시화란 곧 일본화와 근대화를 뜻하는 상황에서 이들에게 다가온 도시화[4]란 인간을 커다란 건물과 군중 속에서 소외시키고 있었다. 여기서 이들이 외물적인 세계가 아닌 자아의 세계로 침잠할 수밖에 없게 되었고, 자신들의 의식 속에서 세계를 규명하는 것으로 나아가게 된다. 즉, 자신의 정체성을 위협하는 사회적인 압력인 비인간적인 사회적 제도, 도착된 도덕성이나 윤리 등에서 벗어나려고 한 것이다. 여기서 좀 더 세밀하게 들어가 보면, 이상과 박태원이 어디로 갈 것인가에 따른 문학적 정체성의 향방을 가늠해 볼 수 있다. 박태원은 서울 수중박골(경성부 다옥정 7번지)에서 태어났다. 그의 숙부가 의사이고 고모가 여고 교사인 신식집안의 분위기속에서 자라났다. 어릴 때부터 책읽기를 좋아하여 건강을 해칠 정도였다. 그리고 春園과 白華에게서 본격적인 문학수업을 받았는데 이 점은 그의 문학에 하나의 기틀

---

4) 도시화란 곧 근대화와 같은 말이다. 근대화(Modernization)란 사회나 경제와 관련되어어 사용하는 말이다. 모더니티가 본질적인면에서 역사이론이나 철학이론과 관련되는 개념에 사용되는 것과 비교된다. 즉 근대화는 사회와 경제 분야에서 모더니티가 실제로 실행되는 과정을 가리키는 말이다.(김욱동, 『모더니즘과 포스트모더니즘』, 현암사, 1993. p.29.)
5) 문단 제 1세대인 이광수의 계몽주의는 그에게 근대문학이 무엇이라는 것을 알게해 주었으리라 본다. 이 점은 추후에 고찰이 필요로한 부분이다.

이 되었을 것이고 짐작해 볼 수 있다.[5] 1930년 가을 그는 동경의 법정대학의 예과에 입학하였다. 2년 만에 경성으로 돌아왔지만, 이 2년 동안의 동경생활에 주목할 필요가 있다.

당시의 일본문학은 신감각파에서 신심리주의 문학으로 넘어가는 과정에 있으면서 橫光利一의 「機械」가 일본 문단을 경악시켜 놓고 있었던 시점이다.[6] 심리주의 문학의 일대 전성기를 이루고 있었던 것이다. 口一葉의 「키 대보기」, 泉鏡花의 「誓의 卷」이나 正宗白鳥의 「어느 곳에」등은 모두 심리 추구의 요소를 보여주고 있다.[7] 또한 인간은 해체되어 심리의 아라베스크만이 구성적, 표현적으로 유리되어 묘사되는 것을 닮아 만족하도록 되었다. 이것은 橫光利一의 「鳥」, 「鞭」, 山端의 「수정환상」, 堀辰雄의 「서투른 천사」, 「聖家族」등의 작품이 있다.[8] 이렇게 이들 작품이 갑작스런 실험으로서 문단에 던져진 것은 아니다. 해외에 있어서 새로운 예술파 동향의 이식의 양질 모두에 영향을 받은 것이다. 여기에 당대의 《시와 시론》, 《문학》과 같은 잡지가 서구 심리주의 소설을 번역한 것이 큰 영향을 주었다. 마르셀 프루스트, 앙드레 지이드, 레이몽 라지게, 제임스 조이스 등의 작품이 번역되었다. 伊藤整은 이론적 측면에

---

6) 長谷川 泉, 『近代日本文學思潮史』, 至文堂, 昭和60년, p.155.
7) 長谷川 泉, 앞의 책, p.151.
8) 長谷川 泉, 앞의 책, p.152.
9) 長谷川 泉, 앞의 책, pp.153-154.

서 심리주의 소설의 특징을 밝혔는데 특히 프루스트의 〈내적 독백〉과 조이스의 〈의식의 흐름〉의 수법에 대해 분석을 하였다.[10] 이런 분위기 속에서 橫光利一의 「機械」가 출현하게 되었다. 이 작품이 일본 문단을 경악시키게 한 점을 伊藤整의 언급에서 찾을 수 있다. "「機械」의 수법이 해외문학의 영향을 강하게 받은 것을 완전히 말살할 정도로 전연 새로운 것이다. 이런 유례는 일본에도 외국에도 있을 수 없다."[11]

이런 당시 일본 문단의 신심리주의 소설의 분위기 속에 박태원은 알몸으로 내던져져 있었던 것이다. 이런 사실은 박태원이 공부에는 열중하지 않고 책읽기와 영화보기, 음악 미술 등의 최신 예술에 2년 동안 심취해 있었다는 것에 잘 알 수 있다.

일본에서 2년 동안 신심리주의 소설의 영향을 받고 돌아와 2년 뒤에 쓴 소설이 『소설가 구보씨의 일일』이다. 근대화의 길에서 도시아이로 태어난 박태원이 자신의 방향잡기의 모색으로 내밀한 자의식을 드러낸 것이다. 기법상으로는 조이스의

---

10) 伊藤整이 말하고 있는 프루스트의 방법상의 비밀은, 감각의 강도를 중심으로 하고 기억 속의 이른바 시간과 장소와를 감각의 원인에서 결과로, 결과에서 원인으로 와 실재의 진행과는 무관계로 작가의 뜻대로 달려가고 있는 것이다. 한편 조이스의 의식의 흐름의 수법은, 외계 현실과 정신 내부의 현실, 혹은 어떤 행위 또는 형태와 그 정신에로의 반사가 발생적인 순서에 있어서 어느 정도까지 동시적으로 기술된다. (平野 謙, 『昭和文學史』, 筑摩書房, 昭和 56년, p.86. 長谷川 泉, 앞의 책, pp.157-158.)
11) 長谷川 泉, 앞의 책, p.155.
12) 박태원 본인은 이 작품을 『表現 描寫 技巧』(조선일보, 1934.12.17-31)에서 이중노출 방법으로 썼다고 한다. 그러나 로버트 험프리는 『現代小說과 「意識의 흐름」』(千勝傑 역, 三星美術文化

『율리시즈』의 의식의 흐름으로 쓰인 이 작품[12]은 간접내부독백의 방식으로 인간의 의식의 과정을 있는 그대로 보여주고 있다. 이것은 인간의 본질을 분석하려는 하나의 근대적 시도인 것이다. 여기서 박태원은 구보라는 또 다른 자아를 등장시키고 있는데, 그를 통해 1930년대의 한국적 근대화 앞에 그대로 도시적인 감각을 유지시켜 나갈 것인가, 아니면 그 도시화가 배태해 놓은 문제점을 극복해 나갈 것인가 하는 길목에 주저하는 자신을 드러내 놓았다. 지금까지의 한국모더니즘문학사에서 『소설가 구보씨의 일일』을 모더니즘 소설의 정수라고 하는데 주저하지 않았다. 그렇다면 박태원이 받아들인 모더니즘은 무엇이었는가? 도시아이로 태어난 그가 과연 도시적 풍취를 문학적으로 얼마나 누렸는가? 아니면, 오히려 타율적 도시화가 생산해 놓은 앞에 그가 절망하고 고뇌한 것이 아닐까? 이런 문제의식 속에서 『소설가 구보씨의 일일』을 통해 그 해답을 찾기 위한 단초를 잡으려는 목적아래 이 글은 쓰인다. 또한 이 글은 박태원의 모더니즘계열의 작품들을 모두 검토하지 않고 시작한다는 데 그 한계가 있다. 그럼에도 『소설가 구보씨의 일일』을 고찰하려는 이유는 그의 작품들 중에 가장

財團, 1984)에서 광의의 개념으로 〈의식의 흐름〉을 언급하였는데 박태원이 얘기하고 있는 이중노출은 〈의식의 흐름〉의 한 하위 기교인 시간 몽타지와 공간 몽타지에 해당된다고볼 수 있다.

극명하게 자의식이 드러나 있기 때문이다. 1930년대의 도시화에 방향잡기의 길 앞에 그가 어떤 자세를 취하였는가를 가장 잘 볼 수 있는 것은 바로 자아의 내밀한 의식이기 때문이다.

〈心境小說〉인가 〈私小說〉인가 하는 문제[13]

　　박태원은 그의 평론 「表現 描寫 技巧」에서 〈心境小說〉, 〈私小說〉, 〈身邊小說〉을 〈本格小說〉과 구분하면서 다음과 같이 정의하고 있다. "어떠한 傑出한 作家에게 잇서서라도 그가 참말 자신을 가져 쓸 수 잇는 것은 究竟, 平素에 자기가 익히 보고, 익히 듯고, 또 익히 늣기고 한, 그러한 世界에 限할 것이다." 이것을 염두에 둔다면 『소설가 구보씨의 일일』은 〈심경소설〉, 〈사소설〉, 〈신변소설〉에 해당될 것이다. 하지만 정확하게 이 중에서 어느 것이 『소설가 구보씨의 일일』에 합당한 것인지에 대한 언급은 없다. 히라노 캔은 〈사소설〉과 〈심경소설〉을 구별하면서 다음과 같이 정의 내리고 있다." '위기감'을 모티프로 해서 더욱 강하게 '실생활'에서 구하고자 한다면 〈私小說〉이 되고, 한편 그 '위기감'을 경계하고 극복하는 곳에

---

13) 최종윤은 〈심경소설〉, 〈심리소설〉, 〈사소설〉, 〈지식인소설〉 등을 묶어서 자의식소설이라고 새로운 장르를 설정하였다.(최종윤, 「한국자의식소설연구」, 세종대박사학위논문, 1989)

실생활의 조화를 구하고자 한다면 〈心境小說〉이 된다"고 하였다.[14] 〈사소설〉은 어찌할 수조차도 없는 혼돈된 위기 자체의 표현이라고 한다면, 〈심경소설〉은 능히 감당하고 극복해 낼 수 있는 초극적인 경지로 도달할 것임에 틀림없다. 한편 〈사소설〉에 대해 小林秀雄은 다음과 같이 말하였다.

> 소설의 유년시대에는 고백체적 성격을 지닐 수 밖에 없었으며 이것이 근대소설에 와서는 '나'의 존재를 찾는 것이다.[15]

그렇다면 '나'란 무엇인가?

> '나'란 무엇인가? 하는 소박한 물음은 '나'에 접한 '他'에의 의식을 낳는다. '나'의 확인은 사회와의 연관을 빼고서는 결코 얻을 수 없다. 그것도 근대사회의 전전에 수반되어 이 자타의 관계를 복잡다양화 되고, 따라서 '나'의 인식이나 개인의 확립 역시 아직 궁극적으로 고민 많은 과제였다. '어떻게 살 것인가?'라고 하는 난문을 앞에 둔 사람들은 괴로움, 고민을 고백하고 해답을 구하고자 펜을 쥐었다.[16]

〈사소설〉에서 나란 근대사회에서 어떻게 살 것인가 하는 문

---

14) 石阪干溥, 오상현 옮김, 「私小說 理論」, 『소설과 사상』, 1993년 봄, pp.378-379.
15) 三好行雄, 竹盛天雄, 『近代文學』10, 有斐閣? 書, p.149.
16) 三好行雄, 竹盛天雄, 앞의 책, p.120.

제이고 결국 나란 타자와의 관계에서 인식되는 것이며 이것은 자신을 드러낸 글쓰기에서 찾고자 하였다. 그러나 이런 글쓰기라 해서 바로 『소설가 구보씨의 일일』이 〈사소설〉이라고 하는데 문제가 있다. 〈사소설〉이나 〈심경소설〉 모두 근대 사회에서의 방황하는 자아를 그려내고 있다는 점에서는 같다. 하지만 이것 속에 도사리고 있는 근대사회의 모순성을 얼마나 인식하고 있는지가 의문이 된다. 이런 문제 인식 속에서 일본〈사소설〉 작가인 北村秀谷의 죽음이 시사하는 바가 크다 할 수 있겠다.

> 자각한 작가의 의식을 그 의식의 주체가 서 있는 시대의 현실과의 사이에 깊이를 깊게 만든다. 근대적 자아의 확립을 희구하는 작가로서의 당위, 즉 표현 행위는 그 희구가 강하면 강할수록 표현 주체가 선 현실을 위협하며 그것도 단단하게 끊어버리는 현실의 역습을 받아서 표현 주체 그 자체를 패망으로 밀어 넣는다.[17]

근대적 자아의 확립을 갈구하는 작가가 그 현실 앞에 절망하였을 때 결국 남는 것은 죽음 뿐이지 않은가를 그는 보여준 것이다. 단지 겉으로 글쓰기의 기교화된 형식만을 가졌다 해서 〈사소설〉이라고 부를 수는 없을 것이다. 여기에 다시 박

---

17) 三好行雄, 竹盛天雄, 앞의 책, p.123.

태원이 한때 동경의 하늘 아래 있었던 당시의 상황을 다시 검
토해 보면, 신심리주의가 있기 전에 신감각파의 활동이 있었
다. 신감각파는 반근대주의의 경향을 띄었다. 신감각파는 출발
당시에 있어서 밀려오는 기계문명에 동반하는 개인의 불안에
하나의 방향을 주려고 의도 하였다.[18]

　밀려오는 기계문명에서 나온 개인의 불안의식이 신감각파를
태생시켰고 나중에 신심리주의로 이어지게 되는 일본의 상황
을 박태원이 얼마나 인식하고 있었는지가 의문이 간다. 이 모
두의 의문들 속에서 1930년대의 경성의 하늘 아래에서 태어난
박태원이 동경의 강렬한 도시 문명 앞에 어떤 방향잡기의 길
로 나아가게 됐는지를 자신을 구보라는 인물로 대치시켜 놓
은 『소설가 구보씨의 일일』을 통해 살펴보도록 하자. 작품의
분석을 통해 〈심경소설〉인가 〈사소설〉인가 하는 문제가 해답
되리라 본다.

소설쓰기의 倫理學

考古學的 認識論
　이 작품의 중간부분에 화두와 같은 〈다섯개의 능금 문

---

17) 三好行雄, 竹盛天雄, 『近代文學5』有斐閣 書, 昭和52년, p.52.

제 풀기〉가 나온다. 구보가 집을 나온 이후 계속해서 고독과
우울로 시달려 오다 친구를 만나서 던진 이 문제는 그에게 처
음으로 명랑함을 주었다.

　　어느 틈엔가 구보는 그 화제에 권태를 깨닫고, 그리고
　　저도 모르게 '다섯개의 임금(林檎:능금)' 문제를 풀려 들
　　었다. 자기가 완전히 소유한 다섯 개의 임금을 대체 어떠
　　한 순차로 먹어야만 마땅할 것인가. 그것에는 우선 세 가
　　지의 방법이 있을 게다. 그 중 맛있는 놈부터 차례로 먹어
　　가는 법. 그것은 언제든, 그 중에 맛있는 놈을 먹고 있다는
　　기쁨을 우리에게 줄 게다. 그러나 그것은 혹은 그 결과가
　　비참하지나 않을까. 이와 반대로, 그 중 맛없는 놈부터 차
　　례로 먹어 가는 법. 그것은 점입가경, 그러한 뜻을가지고
　　있으나 뒤집어 생각하면, 사람은 그 방법으로 항상 그 중
　　맛없는 놈만 먹지 않으면 안 되는 셈이다. 또 계획없이 아
　　무거나 집어 먹는 법. 그것은 ……[19]

　다섯개의 능금을 순차적으로 먹는 방법이란 결국 어떤 방식
으로 먹느냐는 문제이다. 그러나 결국 어떤 방식으로 먹든지
마찬가지의 결과를 준다. 이런 상황에 놓였을 때, 이런 모든
것을 판단하는 인간의 이성이란 과연 그 기능을 발휘할 수 있
는 것인가? 이렇게 인간의 주체적 판단의 문제를 문제시 한

---

19) 박태원, 「소설가 仇甫氏의 一日」, 『北으로간 作家選集5』, 乙酉文化社, 1988. p.302.

것이 당의즉답증(當意卽答症)이라는 정신병에 대해 언급하고 있는 부분에 와서 극명하게 드러난다.

> 코는 몇 개요. 두 갠지 몇 갠지 모르겠습니다. 귀는 몇 개요. 한 갭니다. 셋하구 둘하구 합하면, 일곱입니다. 당신 몇 살이오. 스물 하납니다(기실 38세). 매씨는. 여든 한 살입니다. 〈중략〉 이 일절은 구보의 옅은 경험에서 추출된 것에 지나지 않았어도, 그것은 혹은 진리였을지도 모른다.[20]

답이 틀린 현실이라 하여도 그것이 어쩌면 진리인지도 모른다는 것이다. 이 또한 인간의 주체적 이성의 문제를 벗어난다. 능금 먹기의 문제란 결국 관계의 문제가 아닌가. 주체가 소멸된 자리에서의 주체란 다른 타자와의 관계만이 남는 것이다. 결국 이렇게 해서 나눔의 문제가 생긴다. 그 나눔이 모순을 동반한다 하여도 절대적이며 선험적인 주체가 없는 처지에 다른 또 나눔이 이루어지고 거기서 모순이 생기고, 결국 끊임없는 나눔의 문제가 생기는 것이다. 이런 문제의식을 일찍이 푸꼬는 간파하고 考古學이라고 하였다. 考古學이란 어떤 보물이나 문화재를 파내는 작업이 아니라 인간의 사고와 행위의 규칙성을 陳述(discourse)에서 발견하고자 하였다.[21] 그렇다면

---

20) 박태원, 앞의 책, p.327.

진술이란 무엇인가?

〈나(박태원)는 『소설가 구보씨의 일일』을 쓰고 있다.〉라는 문학적 진술(discourse)은 실천적 양식을 지니고 있다. 즉 의사가 의료행위를 하기 위해 하는 모든 진술은 환자를 치료하기 위한 것이라는 실천적 양식을 띄고 있는 것과 마찬가지로 말이다. 여기서 〈나는 쓴다〉와 〈나는 『소설가 구보씨의 일일』이다.〉라는 두 문장으로 나눠봤을 때, 앞의 문장은 문학적 진술의 기호적 영역이고, 뒷 문장은 사물의 질서의 영역이다.[22] 이 두 문장이 〈있다〉라는 존재동사와 연결되어 있다. 여기서 〈나는 『소설가 구보씨의 일일』이다〉가 사물의 질서인 것은 인간의 주체적 개념이 빠진 상태의 모든 사물과의 관계성에서 나온 것이다. 인간의 선험적이고도 형이상학적 주체성이 몰각된 자리에 그들이 놓이게 된 것이다.

이런 고고학적 인식론으로 〈나(박태원 = 구보)〉가 나간 방법은 글쓰기이다. 글쓰기라는 작업을 통하여 무엇인가를 실천하고자 하였던 것이다.[23]

---

21) 김형효, 「푸꼬의 考古學的 認識, 그리고 歷史 哲學的 批判」, 『構造主義의 思惟體系思想』, 도서 출판 인간사랑, 1993, pp.321-349.
22) 푸꼬는 언어와 사물의 질서와 상관관계를 이루고 있다는 것을 설명하면서, 언어와 질서는 서로를 지시하고 현시하면서 상관표가 형성되고 이것이 또 다른 상관표와 관계를 갖는다고 한다.(김형효, 앞의 책, pp.353-358.) 이런 푸꼬의 인식은 사물과 언어의 관계성을 밝혀냈다는 데 의의를 둘 수 있다.

소설쓰기

구보(박태원)[24]는 만성 습성(慢性 習性)의 중이가답아(中耳加答兒)라는 중이질환을 앓고 있으며, 또한 근시이다. 이처럼 외부세계에 촉각을 둘 수 있는 더듬이가 마비증세를 보인 것이다. 그러나 실제로 눈과 귀의 상태가 정상이 아닌 것은 아니다. 다만 구보는 그렇게 믿고 싶은 것이다. 이 점은 그가 극심한 신경쇠약 증세를 갖고 있기 때문이다. 그런 신경쇠약의 원인은 건강을 해칠 정도의 독서에서 왔다. 아홉 살 때까지 집안 어른의 눈을 피해 가며 『春香傳』, 『蘇大成傳』 등과 같은 고전을 섭렵하였으며 안잠자기를 시켜 貰책 집에서 책을 빌려 밤을 새며 소설책들을 읽었다. 그렇게 해서 구보는 건강을 잃게 되었다. 그에게서 책읽기란 생득적 의미를 지니고 있다. 무엇인가를 얻기 위한 도구적 독서가 아닌 것이다. 구보는 책을 읽으면서 과거와 현재를 넘나드는 상상을 펼 수 있었고 그 속에서 자신의 삶의 존재가치를 찾아 나갔다. 그러나 문제는 건강이다. 쇠약한 건강은 중간에 학교를 그만두어야만 했을 정도이다. 이런 그에게 있어 유일한 즐거움은 옛날

---

23) 김윤식 교수는 이런 글쓰기 작업을 고현학이라고 하였다.(김윤식, 『한국현대문학사사사론』, 일지사, 1992.pp.46-66.

24) 구보가 박태원이 되는 것은 본 작품에서 나타나는 구보의 신경쇠약증, 둘째 자식, 어렸을 때 책읽기를 좋아하였던 점, 동경에서의 생활 등에서 거의 일치하고 있다. 그렇기에 구보를 박태원이라 하는 것도 무방하리라 본다.

의 그 기쁨으로 책을 읽고 그 속에 꿈을 꾸는 것이다.

오늘도 구보는 단장과 대학노트를 들고 집을 나왔다. 그가 몸담고 있는 경성의 거리를 특별히 할 일도 없이 쏘다닌다. 그런 그의 어머니는 자식이 동경서 공부를 하고 왔음에도 변변한 일자리 하나 얻지 못한 것에 의아해 한다. 그런 그의 어머니를 등에 업고 대문 밖을 나온 그에게 제일 먼저 감각적 현실로 다가온 것은 대문 앞을 지나가는 몇 명의 여자들이다. 구보에게 있어서 여자란 언제나 과거와 현재 그리고 미래를 넘나드는 매개체이다. 여기서 과거란 동경에서의 애인과의 쯔은 사랑이다. 현재는 경성의 거리이다. 미래란 과거와 현재를 넘나들면서 현재의 부정적 실현체이다. 이것이 그의 의식의 흐름에 작용하여 하나의 유동체처럼 물 흐르듯이 자연스럽게 흘러간다.[25] 과거라는 기억을 현재의 감각을 통하여 회상하고 또한 현재의 감각을 통해 미래의 일을 상상한다. 이것이 자유연상과 같은 작용으로 그의 의식세계를 자리 잡고 있다.

이런 의식세계의 세 가지 시간적 범주가 공간적 범주로 변한다. 그 속에 소설쓰기가 자리 잡고 있다. 그리고 소설쓰기를 통하여 구보는 무엇인가를 실천하고자 한다. 이것을 도식화시키면 다음과 같다.

---

25) 로버트 험프리, 千勝桀 역, 『現代小說과 「意識의 흐름」』, 三星美術文化財團, 1984. pp.10-23.

(가) 과거 -- 동경 -- 기억(회상)

(나) 현재 -- 경성 -- 감각

(다) 미래 -- 동경과 경성의 넘나들기 -- 상상

(라) 소설쓰기 -- 의식의 흐름에 한 유동체 -- (가) (나) (다)를 모두 보여 주기

　먼저 (나)의 현재부터 살펴보기로 하자. 구보에게 감각으로 다가온 현실세계, 즉 경성의 거리는 그에게 고독과 우울을 한껏 심어준다. 화신 상회 앞에서 젊은 내외를 본다. 그들은 자신의 행복을 한껏 자랑한다. 그들에게서 행복을 발견한다. 하지만 자기 자신은 한 손에 단장과 또 한 손에 공책을 들고 있다. 여기서 행복을 찾을 수 없다. 그러며 외로움과 애달픔을 느낀다. 그러면서 고독을 두려워한다. 이렇게 고독과 우울을 갖고 있는 그의 앞에 옛날 한 번 선을 보았던 여자를 버스에서 만났음에도 불구하고 가서 얘기 한번 하지 못한다. 오히려 그녀가 자신의 시선을 눈치를 챌까 두려워한다. 그러면서 그녀와 잘 될 수 있을 것 이라고 상상을 해 본다. 그러나 차에 내린 그녀를 보고 구보는 아차! 하고 뉘우쳐야만 하였다. 이것 모두 그의 신경쇠약에서 온 나약함에서 그 원인을 찾을 수 있다. 이런 그의 나약함은 건강한 육체의 남자와 그 여자에 대한 질투와 선망의 시선을 던지는 것으로 나타난다. 그러면서 구

보는 자신은 행복을 찾을 수 없을 것이라고 단정을 한다.

경성의 거리에서 그를 또한 절망하게 만든 것은 돈이다. 손바닥 위에 놓여진 동전 몇 닢, 그것은 그에게 행복을 가져다 줄 수 없다. 어떤 소녀가 8원 40전이라는 돈을 가지고 완전히 행복하였다는 소리를 듣지 못하였다. 또한 황금광의 시대에 시인, 평론가 등의 문인들 모두 돈을 쫓아 떠나 버렸다. 그런 그의 앞에 중학시대의 열등생인 전당폿집의 둘째 아들이 모습을 나타낸다. 거기에 예쁜 여자까지 동반하고 말이다. 구보는 자신이 돈이 없을 뿐만 아니라 돈이 없기 때문에 저런 예쁜 여자를 얻을 수 없다는 사실 앞에 절망한다. 그러나 그는 그들에게서 행복을 발견할 수 없었다.

한편 경성의 거리에서 구보가 또한 깊은 고독과 우울증에 빠지게 한 것이 있으니, 대합실의 군중 앞에 드러난 비인간애이다. 대합실 속의 빽빽한 군중 속에 있지만 인간본래의 온정을 찾을 수 없다. 그의 시선에 시골에서 경성의 딸네집에라도 온 듯한 노파가 들어온다. 그 옆에 시골서 조그만 백화점이라도 경영하는 듯한 시골 신사가 있고, 또 40여세의 노동자가 있다. 그런 그들에게서 경성거리의 흉흉한 모습이 모두 담겨져 있다.

이것은 (다)의 미래의 세계로 그대로 나아간다. 미래의 행복한 나날들이 있는 상상을 할 수 없다. 경성거리의 우울증이

주는 연장이기 때문이다. 이런 현실과 미래에서 그는 행복을 찾을 수 없게 된다. 더욱이 소설쓰기조차 할 수 없다. 소설을 쓰려고 하면 두통이 생기곤 하기 때문이다. 이렇게 소설쓰기가 막힌 상황에서 그는 과거의 동경에서의 생활, 즉 옛 애인을 회상한다. (가)의 과거의 세계로 나아간 것이다. 동경에서의 생활에는 애인만이 존재한다. 은좌의 거리를 거닐고 영화를 보고 하던 거기엔 애인이 있다. 그런 그에게 과거를 회상하면서 현재의 고독과 우울에서 잠시나마 벗어난다. 그러면서 전혀 두통을 느끼지 않으면서 과거의 회상을 하나의 소설로 만들어 나가려고 한다. 통속소설이 되는 것이 아닌가, 결말을 어떻게 맺지 하는 행복한 고민만이 남게 된다. 그러면서 그토록 사랑하였던 여자와 헤어질 수밖에 없었던 이유를 중학시대의 친구와 그녀가 약혼을 하였다는 사실로 본다. 한 마디로 의리를 지키기 위해서 사랑을 포기한 것이다. 이렇게 과거를 기억하고 아득한 추억 속에 있었던 사랑의 실체가 회상의 작용을 통해 객관적인 자리로 옮아오게 된다. 여기에 다시 현재의 삶이 보인다. 고독과 우울의 현재 세계가 그지없이 행복의 자리로 옮아간다. 그것은 벗이 있기 때문이다. 구보에게 있어 가장 행복한 것이 무엇인지를 알게 된 것이다. 바로 벗과의 우정이다. 그런 우정 때문에 사랑마저도 버리지 않았는가. 이런 반성의 세계에서 구보는 행복하게 소설쓰기를 시작한다.

두통도 없고 아련한 과거의 기억도 없이 반성적 현실에서 소설쓰기로 나아간 것이다. 이 점을 오랫만에 친구를 만난 자리에서 아무런 신경쇠약증세도 없이 소설쓰기를 한 것에서 엿볼 수 있다.

> 구보는 속 주머니에서 만년필을 꺼내서 공책 위에다 초한다. 작가에게 있어서 관찰은 무엇에든지 필요하였고, 창작의 준비는 비록 카페 안에서라도 하여야 한다. 여급은 온갖 종류의 객을 대함으로써, 온갖 지식을 얻으려 노력하였다 -- 잠깐 펜을 멈추고, 구보는 건너편 탁자를 바라보다가, 또 가만히 만족한 웃음을 웃고, 펜 잡은 손을 놀린다. 벗이 상반신을 일으키어, 또 무슨 궁상맞은 짓을 하는거야 -- 그리고 구보가 쓰는 대로 그것을 소리 내어 읽었다. 여자는 남자와 마주 대하여 앉았을 때, 그 다리를 탁자밖으로 내어 놓고 있었다. 남자의 낡은 구두가 탁자 밑에서 그의 조그만 모양 있는 숙녀화를 밟은 것을 염려하여서가 아닐 게다. 그는 오늘 그가 그렇게도 사고 싶었던 살빛 나는 비단 양말을 신을 수 있었다. 그리고 그것은 그렇게도 자랑스러웠던 것임에 틀림없었다. 흥, 하고 벗은 코로웃고, 그리고 소설가와 벗할 것이 아님을 깨달았노라 말하고, 그러나 부대 별의 별것을 다 쓰더라도 나의 음주불감증만은 애기 말우 -- 그리고 그들은 유쾌하게 웃었다.[26]

이런 그의 소설쓰기는 경성의 거리에서 행복을 찾을 수 없

는 상황에서 과거의 동경의 거리에서의 사랑을 회상하였고
거기에서 행복의 실마리를 찾았으며 이렇게 찾은 행복은 아
무런 두통도 우울도 없이 소설쓰기로 나아간 것이다. 소설쓰
기란 행복 찾기와 서로 가역적 작용을 한 것이다. 그렇다면
구보가 동경의 거리에서 무엇을 회상하였기에 그가 행복을
되 찾을 수 있게 되었는가?

倫理學

구보가 동경에서의 옛 애인을 회상하면서 그에게 새롭
게 깊이 자리 잡은 것은 윤리학이다. 임(姙)이라는 여자를 만
나게 계기는 휴식을 취하러 간 끽다점에서 발견한 한 권의 대
학 노트에서다. 그 노트는 바로 윤리학 노트였다.

제 1장 서론, 제2절 윤리학의 정의. 2. 규범 과학. 제 2장
본론. 도덕 판단의 대상. C동기설과 결과설. 예 1. 빈가의
자손이 효양을 위해서 절도함. 2.허영심을 만족시키기 위한
자선 사업. 제 2학기. 3. 품성 형성의 요소. 1.의지 필연
론......[27]

---

26) 박태원, 앞의 책, p.328.

이것이 계기가 되어 그녀를 만나게 되었고, 그녀에게 사랑을 품게 된다. 하지만 그녀가 중학시대의 친구의 약혼녀라는 사실에 그녀를 놓아주지 않았던가. 여기서 윤리학 노트는 구보의 윤리성과 도덕성을 나타내는 의미로 작용을 한다. 구보가 단장과 대학노트를 들고 경성의 거리를 배회하지만, 그가 또 하나 갖고 있는 대학노트는 바로 윤리학 노트인 것이다. 즉 소설쓰기에 있어서 언제나 하나의 규범으로 작용하는 것은 바로 윤리학 노트이다. 이런 의미를 갖는 윤리학 노트는 비록 사랑하는 애인을 잃어버렸지만 그에게 깊은 윤리성을 심어 주었다.

지금까지 구보가 여자를 얻을 수 없었던 것은 돈이 없었기 때문이라고 생각하였다. 그래서 그는 더욱 우울해 질 수 밖에 없었던 것이다. 이것이 현재의 경성의 거리에서 행복을 찾지 못한 이유이기도 하다. 그러나 구보는 과거의 기억을 되살리며 그 사랑의 아픔 속에 자신의 윤리성이 있다는 것을 발견하고 다시 행복을 찾기 시작한 것이다. 경성의 거리에서 고독과 피로함에도 불구하고 다료에서 친구가 오기를 기다린다. 그러는 과정에 과거의 애인을 생각하고, 그러면서 이제 집 앞을 나가면서 절망하였던 현재의 세계에서 행복을 찾을 수 있게 된 것이다. 그럼 이런 행복 찾기란 무엇인가? 아리스토텔레스

---

27) 박태원, 앞의 책, p.309.

의 말을 빌리지 않더라도, 인간이 삶의 궁극적 목적을 행복을 추구하는 것이라고 하는 것은 윤리학의 으뜸 항목이지 않은 가. 벗과의 우정에서 행복을 찾았던 구보가 이제 친구와 헤어지면서 이제 집에서 소설을 쓰겠다고 한다. 그러면서 어머니가 혼인 얘기를 꺼내더라도 쉽게 물리칠 수 없을 것이라고 한다. 행복이 실종된 현실의 세계에서 그는 행복을 되찾아 생활의 세계로 들어선 것이다. 이제 그는 남들처럼 생활을 할 수 있으리라는 강한 의지를 보여준다.

구보가 경성의 거리에서 방황하였던 것은 순전히 행복을 찾기 위한 여정이었다. 그런 하룻 동안의 여정에서 그는 정말 행복하게도 행복을 되찾은 것이다. 이런 행복은 그에게 주체가 몰각된 자리에 주체를 되찾아 주었고, 애인을 잃어버린 자리에 벗의 우정을 새삼 일깨워주었으며, 경성의 거리에서 벌어지고 있는 고독과 우울의 모습에 따스한 우정과 같은 인간애를 주었다. 이렇게 구보는 행복을 되찾은 것이다. 이 것을 소설쓰기로 나아가게 된 것이고, 그런 소설쓰기의 동기엔 행복 찾기, 즉 윤리학이 있는 것이다.

이런 윤리학은 주체가 분열되고 선험적 형이상학의 세계가 몰각된 고고학적 인식론을 뛰어넘어 새로운 주체의 형성을 이루어 낸 것이다. 즉 구보에게 있어서 현실의 경성의 거리는 고고학적 인식의 세계인데 여기서 벗어나는 방법은 과거의 동경의 거리에서 이루어졌던 윤리의 세계이고 이것을 다시 현실의 경성으로 돌아왔을 때는 그가 그 무엇보다 잘하는 소설쓰기로 나아갈 수 있게 된 것이다. 그런 과정이니 결국 소설쓰기란 행복 찾기이고, 이 행복 찾기란 윤리학이 되는 것이다.

이제 다시 처음의 〈나(박태원)는 『소설가 구보씨의 일일』을 쓰고 있다.〉라는 언술로 되돌아 가 보자. 이제 문학적 진술행위의 실천적 양식은 바로 행복 찾기라 할 수 있겠다. 〈나는 쓴다〉라는 문학적 진술의 언어적 기호와 〈나는 『소설가 구보씨의 일일』이다〉라는 사물의 질서가 존재의 동사인 〈있다〉라는 동사와 행복하게 조우하여 비주체적이며 경험적 세계로 지배를 받던 세계에서 벗어나 주체적이며 선험적인 세계로 나아가게 된 것이다. 구보가 진술하려는 세계는 이미 놓여진 세계이다. 도시화되어 있고 근대화 되어 있는 기호의 체계이다. 그 속에서의 소설쓰기란 이미 배열되어 있는 시니피앙의 세계였다. 이것에 고독하고 우울해 하며 결국 그의 소설쓰기는 윤리학의 도움으로 시니피에의 세계로 나아갈 수 있게 되었다.

맺음말

처음에 제기하였던 〈사소설〉이냐 〈심경소설〉이냐는 물음에 이제 답할 수 있을 것이다. 인간의 주체성이 몰각될 수 있는 고고학적 인식론에서 벗어나 윤리학이라는 행복한 길로 나아가게 되었다는 사실은 분명히 〈사소설〉이 아니라 〈심경소설〉이라 할 수 있겠다. 이제 『소설가 구보씨의 일일』이 〈심경소설〉이라 하였을 때, 박태원이 1930년대의 방향잡기의 길목이 이제 어느 길로 접어들게 되었는지가 선명해진다. 도시아이로 태어난 박태원에게 있어 경성의 거리는 어쩌면 하나의 기호체계였는지 모른다. 이 점은 동경의 거리에서도 마찬가지다. 그런 기호체계에서 무수히 좌절하고 절망할 수밖에 없었다. 이런 자신의 내밀함을 『소설가 구보씨의 일일』에서 자의식을 한껏 드러내는 소설쓰기의 방법을 통해 보여주려고 하였다. 그런 기호체계에서 그가 읽은 것은 윤리학이었다. 잔뜩 멋을 내면 낼수록 더욱 공허하게 만드니 결국 남는 것은 어떻게 그 공허를 메우고 다시 행복을 되찾을 수 있을까하는 윤리학인 것이다. 같은 도시아이로 태어난 이상이 모더니즘 문학의 한 전거를 보여주며 비극적 종말을 하였다면, 박태원은 행복하게도 도시아이에서 윤리학을 얻게 되었으니 결국 행복한 삶의 여정을 보낼 수 있지 않았을까 한다.

그럼 박태원의 『소설가 구보씨의 일일』에서 드러난 윤리학이란 무엇이고, 1930년대 한국모더니즘문학에서 어떤 의미를 주고 있는가? 이 문제는 한국근대문학에서의 근대성의 논의에서 출발하여 한다. 근대성이란 합리적인 가치세계라 할 수 있겠고[28], 인간 문제에 있어서 이성의 우위라고도 할 수 있다. 그런 근대성에서 이성이 합목적적 이성으로 되어 버리지 못하고 도구적 이성이 되어버리면서 문제가 생겨났다.[29] 산업화된 자본주의가 합리성이라는 가치세계를 만들어냈지만 이제 인간은 그 속에서 자신의 주체를 잃어버리는 존재로 나락하고 말았다. 이런 과정에 하버마스는 근대성을 두 범주로 설정하여 설명하는 부분은 세삼 주목을 끈다. 부르조아 계층과 관계있으면서 이성숭배, 과학과 기술의 가능성, 발전의 원칙, 자유의 관념 등의 특징을 지닌 역사적 모더니티가 있다. 다른 또 하나는 부르조아 계층의 가치관과는 배치되며 반부르조아지적 특성을 지닌 심미적 모더니티가 있다.[30] 여기 심미적 모더니티에서 모더니즘이 나오게 되었다. 캘리네스큐 역시 모더니티의 다섯 가지 얼굴을 언급하면서 모더니즘을 그 하위 개념으로 넣고 있다.[31] 이렇게 해서 탄생하게 된 모더니즘이

---

28) 김윤식 교수는 한국근대문학에서의 근대성이란 '가치중립적인 중인의식'이라고 하였다. 여기서 중인의식이란 자본주의적인 속성이 일상적 삶 속에 스며들은 상태라고 하였다.
(김윤식, 『한국근대문학의 근대성과 이데올로기 비판』, 서울大學校 出版部, 1987. pp.23-24.)
29) 윤평중, 『푸꼬와 하버마스를 넘어서--합리성과 사회비판』, 교보문고, 1990.
30) 김욱동, 『모더니즘과 포스트모더니즘』 현암사, 1993. p.27.

1930년대의 한국으로 건너 왔을 때의 양상이란 『소설가 구보씨의 일일』이 보여준 윤리학처럼 오히려 근대적 성격을 보여주고 있다. 이성으로 얘기를 하면 합목적적 이성과 도구적 이성이 혼재되어 있는 것이다. 윤리학이란 합목적 이성인 점에서 더욱 그러할 수 있고, 고고학적 인식론이 도구적 이성에 해당된다는 점에서 알 수 있다. 따라서 『소설가 구보씨의 일일』이 보여준 모더니즘은 근대성의 이중적 모습을 모두 지니고 있으면서 〈사소설〉이 되지 않고 〈심경소설〉이 되었다는 점에서 그 의의를 둘 수 있겠다. 〈심경소설〉이 되어 근대성의 모순적 모습을 행복하게 극복하여 나간 것이다.

이런 인식 속에 박태원의 방향잡기의 길목이 이제 훤히 보일 수 있지 않을까 한다.

그럼에도 불구하고 이 글은 많은 한계를 지니고 있다. 과연 『소설가 구보씨의 일일』이 보여준 윤리학이 박태원의 다른 작품에도 그대로 적용될 수 있는지 하는 문제이다. 그리고 이 글은 다른 작품과의 공통적 연구를 통하여 이루어졌을 때야만 그만큼의 합당한 자리를 차지할 수 있을 것이다. 그럼에도 불구하고 『소설가 구보씨의 일일』에 한정시킨 것은 좀 더 정교한 논의를 펼쳐나가기 위한 하나의 시론으로 그 가치를 잡

---

31) 마테이 캘리네스큐가 언급한 모더니티의 다섯 가지의 얼굴이란 다음과 같다.
모더니즘, 아방가르드, 데카당스, 키취, 포스트모더니즘 등이다.
(김욱동, 앞의 책, pp.28-30.)

은데 있다. 이제 남은 문제는 앞에서 열거한 한계를 얼마나
극복해 나가는데 있다.

예술가의 초상화

이청준의 예술가소설 탐구

들어가는 말

예술가소설

예술가소설은 '소설가 혹은 다른 예술가가 주인공으로 등장하여 예술가로서의 운명에 대한 인식과 예술적 기법의 습득을 통한 성숙의 단계로의 성장을 그리는' 소설이다. 그러나 단순히 예술가가 주인공으로 등장하는 소설이라 해서 모두 예술가소설이라고 하지 않는다. "고유한 존재 양식과 문제를 제기하는 경우, 또는 그것이 서사적 문학 일반이나 소설 안에서 어떤 특수한 위치를 가질 경우에만"[32] 예술가소설이라고 한다. 마르쿠제는 "예술가가 하나의 고유한 생활 형식을 대표하게 될 때, 즉 예술이 더 이상 생활에 내재적이지도 않고 전체의 완성된 생활에 대한 필연적인 표현도 아니게 될 때, 예술가소설은 비로소 가능해지며, 그것이 이상과 현실이 아직도 하나로 형성되어 있고 이상이 아직도 생활 속에서 자신을 구체화하며, 따라서 생활 형식이 이상에 의해 관철되고 「예술적」이 되는 유일한 경우"[33]라 한다. 그러한 통일 속에서 존재할 때에만 예술가는 전체의 한 부분으로서의 자신을 충족시킬 수 있고, 전체의 생활 형식과 동화될 수 있다. 예술가는 본질과 현상, 정신과 감성, 주체와 객체, 예술과 삶 등의 완전한 통일을 표현하는 곳에서만 필연적으로 그것에 적합한 형식이 주어지게 된다. 그것을 마르쿠제는 고대 그리스 문화에서, 루카치 역시 자아와 세계가 통일된 서사시에서 예술가적 삶의 원형을 찾고 있어 마르쿠제가 정의 내린 예술가소설은 서사적 문학에서 갖는 특수한 위치를 소설 일반과 공유하

---

32) Herbert Marcuse, Der deutsche Kunstlerroman, Schriften Bd.1 (Frankfurt am Mein: Suhrkamp, 1981) 김문환 편·역, 독일예술가소설의 의의, 마르쿠제 美學思想, 문예출판사, 1992, p.7
조남현은 藝術家小說 개념을 "藝術家를 주인공으로 삼으면서 藝術行爲에 얽힌 사건이 메인 플롯을 이룬 소설을 일컫는데"라 하였다. 그러면서 "예술가 혹은 文人을 주인공으로 하여 그 행동 양식과 고민의 내용을 추구해 보려 한 작품"으로 예술가소설의 외연을 규정하고 있다. (조남현,「藝術家小說」의 意義와 特質, 한국 지식인소설 연구, 일지사, 1984, pp.66~67)
유인순은 예술가소설 개념을 "주인공이 예술가이며, 예술가의 삶, 예술가로서의 성숙 과정 및 예술관, 예술 행위 중의 갈등, 그리고 예술가의 현실 사회에서의 갈등과 그 사회적 위상 등을 다루고 있음"으로 설정하고 있다.(유인순, 한국 예술가소설 연구 -- 작가주인공 소설을 중심으로, 비평문학6, 1992.7)
33) 마르쿠제, 앞의 책, p.8

고 있다.[34] 소설을 더 이상 자아가 세계가 합치되지 않은 상태에서 고대 그리스 문화로 회귀하고자 하는 열망을 담고 있는, 어쩌면 유토피아를 지향하는 서사적 양식이라고 하였을 때, 근대 자본주가 성립되고 난 뒤의 예술가는 "더 이상 생활 형식과 일치하지 않는 고유한 생활 형식의 대표자가 되는 때, 그는 한 소설의 「주인공」이 될 수 있"[35]는 것이다. 예술가가 자신의 이상이 실재의 현실과 갖는 괴리감을 갖게 되고, 예술과 삶이 대립된 채 분리되어 있는 문화적 상황에 부딪치게 되며, 주변 세계의 생활방식과 제한된 세계에서 그 어떤 충족감도 갖지 못한 채 소외자로 전락하게 된다. 이때 예술가는 일상적인 삶을 살고 싶다는 욕구와 자신의 예술세계를 고수할 수밖에 없는 현실 사이에서 고통을 느낀다. 이런 갈등과 고통에서 벗어나기 위한 일련의 노력을 보이고 있는 소설이 예술가소설이다. 이런 상황 속에서 예술가는 지난날의 좋았던 시대를 그리워하고, 잃어버린 전체성을 동경하면서 새로운 도피처를 찾든가, 아니면 현실의 다양성을 통해 산출되는 내용을 수용해 형식화하고, 생명력을 부여함으로써 예술 속에서 새로운 전체성을 획득하도록 노력해야만 한다.[36] 마르쿠제는 전자

---

34) 마르쿠제, 앞의 책, p.7
35) 마르쿠제, 앞의 책, pp.8~9
36) 김홍섭, 토마스 만의 예술가소설 연구 -- 초기작품에 있어서의 전체성 회복을 중심으로, 성균관대 독어독문학과 박사논문, 1991, p.10

와 같은 유형을 낭만적 예술가소설, 후자와 같은 것을 사실적·객관적 예술가소설[37]이라 한다. 그러나 예술가소설의 유형은 이처럼 단순하지만은 않고, 이들 두 유형이 혼합되고 변형된 것들이 무수히 존재할 수 있다[38]. 예술가소설은 그것이 반영하는 시대 현실과 긴장의 해결 방식에 따라 그 방향을 달리하며, 그 시대 현실과, 현실을 둘러싼 해결 방식이 예술가소설의 문제 설정과 형식을 근본적으로 규정하고 있기 때문이다. 예술이 현실성을 중재해야 한다는 효용성과 기능성을 지니고 있어야 한다고 하지만, 예술가소설에 있어서는 문학의 기능과 효용이라는 문제보다는 이상성과 현실성, 문학과 삶, 예술과 사회 사이에 갈등을 겪어야 하는 작가, 예술가의 고뇌가 더욱 두드러지게 나타난다.

예술가소설은 주인공의 사회적 성장과정을 그리는 발전소설의 하위 장르인 교양소설과 그 맥을 같이 하고 있어[39], "문학의 사회적 기능이나 효용의 측면보다는 개개인의 내면세계에 충실함으로써 인간의 총체성이라든가 교양이상을 달성하는데 진력했던 교양소설의 모범이 예술가소설에서 그대로 받아들여진[40]"다.

---

37) 마르쿠제, 앞의 책, p.17
38) 마르쿠제는 "유형분류는 이론적으로 미리 구성되어야 하는 것이 아니라 조사·연구로부터 저절로 나타나야 한다."라 한다.(마르쿠제, 앞의 책, p.17)
39) 오한진, 독일 교양소설 개념 연구, 독일 교양소설 연구, 문학과지성사, 1989, p.32
40) 김홍섭, 앞의 논문, pp.12~13

이러한 예술가소설을 한국 문학에 적용하여 이뤄진 연구들은 지식인소설의 하위 개념으로 본 조남현의 연구를 필두로 하여, 우찬제, 유인순, 원당회 등에 의해 있어 왔다. 조남현의 소설속에 등장하는 예술가가 갖는 지식인적 속성을 밝혀내는 데 초점을 둔 연구[41]는 유인순에 이르러서 작가주인공을 중심으로 한 삶의 다양한 방식을 규정해 내는 것[42]으로 확장되었다. 이들의 선행 연구에 비할 때 우찬제의 연구는 마르쿠제의 예술가소설 개념과 란돌프(Randolph P. Shaffner)의 이론을 토대로 하여 한국 예술가소설을 개관하고 있다[43]는 점에서 본격적인 예술가소설 연구의 시발점으로 볼 수 있다.

연구사 검토 및 문제 제기

이청준에 대하여 학술적 성격을 지닌 연구가 아직 생존해 있는 작가로 인하여, 그리고 지금도 왕성하게 작품 활동을 하고 있다는 점에서 그렇게 활발하게 이뤄져 있지 않은 현실이지만, 50년대 전후 문학과 차별성을 이루며 60년대 문학의 좌표를 설정하는데 있어 중요한 지점을 형성하고 있다.[44] 김윤식

---

41) 조남현, 한국예술가소설의 원형, 현상과 인식, 1979년 겨울
　　　　, 한국 지식인 소설 연구, 일지사, 1984
42) 유인순, 한국 예술가소설 연구 -- 작가주인공 소설을 중심으로, 비평문학6, 1992. 7
43) 우찬제, 욕망의 시학, 문학과지성사, 1993
44) 천이두는 60년대 후반기에 등장한 이청준을 50년대 전후 문학과 달라지고 있는 점을 「병신과

은 60년대 문학의 핵심은 가능성으로서의 4·19와 좌절로서의 5·16 사이에서 망설임을 행동 규범으로 여긴 것[45]에 있다고 한다. 이런 망설임의 한 가운데 서 있는 이청준은 1965년 사상계 신인 작품 모집에 「퇴원」이 당선되면서 문단 활동을 시작하였다. 김치수는 이청준의 문학을 소재와 주제가 다양하며 그것을 형상화시키는 방법도 다양하고, 또한 미지의 불확실한 어떤 것들을 추구해 나가는 것이 두드러진다[46]고 한다. 묻고 대답하면서 미지의 불확실한 것을 찾아 나가는 탐색구조[47]로 되어 있는 소설들에서 소설가 내지 처음으로 소설을 써 본 사람이 등장하는데, 「지배와 해방」을 비롯한 「소문의 벽」 등에서 소설이란 무엇인지, 작가는 왜 글을 쓰게 되는 지에 대해 밝혀내고 있다. 진술하려는 욕망을 지닌 작가는 현실에 쉽게 안주할 수 없으며 이상과 언제나 갈등을 겪으며 그것을 어떻게 극복해 나갈 수 있으며 결국 도달하고자 하는 지점이 어디에 있는가를 끊임없이 되묻고 있는 것이다. 이것은 광대, 매잡이, 소설가 등과 같은 예술가를 등장시키고 있는 작품들에서 두드러지게 나타나고 있어 예술가소설의 외연을 이루고 있는

머저리」의 분석을 통하여 60년대 작가로서의 자기 위치를 또렷하게 의식하기 시작한 작가이며 그 의식을 성공적으로 실천하였다고 평가하고 있다.
(천이두, 자연과 인공·이청준, 종합에의 의지, 일지사, 1974, p.327)

45) 김윤식, 심정의 넓힘과 심정의 좁힘, 한국현대소설비판, 일지사, 1988, p.14
46) 김치수, 언어와 현실의 갈등, 현대문학 309, 1980.9, p.287~289
47) 조남현은 「병신과 머저리」를 분석하면서 그의 소설적 특색을 '탐색적 고조'로 보고 있다.
(조남현, 문제적 인물에 대한 끊임없는 탐구, 문학사상, 1984.8, p.142)

작품들이라 할 수 있다. 그의 연구는 다만 소설가가 등장하는 소설만을 다뤘다는데 있지 예술가소설이 지니고 있는 현상과 본질 사이에서 갈등하는 인물의 내면세계를 찾아내는 데로 나아가지는 못하였다. 원당희는 토마스 만과 이청준을 비교문학적 관점에서 이청준의 예술가소설의 내면적 특성을 살펴보았다. 이청준의 「소문의 벽」, 「시간의 문」, 「줄」, 「매잡이」, 「예언자」등에 脫장인정신과 실향민, 공포의 체험, 복수심과 체념, 한의 비극적 전망, 죽음의 메타포가 들어 있다고 하였다[48]. 이보영은 이들 작품들이 예술가의 삶을 문제삼고 있기에 한국 최초의 藝道小說이라고 하면서 산업 사회가 시작된 60년대의 한국 사회에서 장인 정신을 지닌 예술가가 살아 나갈 길을 탐색하고 있다[49]고 하였다.

또한 이들의 소설들은 소설 속에 또 다른 이야기나 소설이 등장하는 액자소설의 구조를 이루고 있으면서 소설의 근본적인 개념과 지위를 문제 삼고 있다. 김동리나 황순원, 정한숙 등에 보여주고 있는 액자소설과는 달리 현실 세계를 있는 그대로 재현해 낸다는 소설 문법을 거부하고 있다. 소설 속의 이야기와 소설 바깥의 이야기가 구별되는 게 일반적인 액자소설의 구조라면, 「병신과 머저리」, 「매잡이」, 「소문의 벽」 등

---

48) 원당희, Thomas Mann과 이청준 소설에 나타난 예술가의 위상 비교 -- 주인공의 내면체험을 중심으로, 고려대 독문과 박사논문, 1991
49) 이보영, 始原의 探索, 현대문학 216, 1972.12, pp.236~237

은 소설 속의 이야기에 소설 바깥에 있는 화자가 소설 안의 이야기를 수정한다던가 하면서 적극적으로 개입하고 있다. 소설 바깥의 화자는 소설 안의 이야기에 대한 독자라 할 수 있는데, 다시 소설 안의 이야기 속에 들어갔을 때는 작가가 되기도 한다. 또한 소설 바깥의 화자가 바라보고 있는 대상인 인물은 소설 안의 이야기의 작가가 되기도 한다. 결국 소설 바깥에서 만나는 화자와 인물은 소설 안의 이야기 속에서는 다시 작가와 등장인물로 만나는 관계로 된다. 이러한 소설의 양식은 소설이란 무엇이고, 글을 쓴다는 것이 무엇인지를 묻는 것이라 할 수 있다. 그렇다고 자의식 소설이니, 메타 픽션이니 하는 개념으로 설명하기에는 다른 점들이 많이 있다.

본고에서는 이들 소설들에 대해 외연을 두르고자 하는데 목적이 있지 않으며, 다만 그 내포적 의미가 무엇인지를 루카치가 정한 소설의 일반적 범주 안에서 살펴 나아가도록 하겠다. 예술가소설이 교양소설과 같은 맥락에서 이해될 수 있을 때 루카치가 '소설의 이론'에서 〈빌헬름 마이스터〉를 통해서 본 교양소설의 의미는 본고에 있어서 연구 인식의 틀이 될 것이다. 그러면서도 앞에서 언급한 이청준의 소설들이 소설 쓰기 그 자체를 대상으로 삼고 있다는 점에 주목하여 현상을 반영 또는 재현해 내는 그 자체가 갖는 의미가 무엇인지를 밝혀 나가는 데 본고의 목적을 둔다.

소설 쓰기의 심층의식

　　소설가는 어떤 이유에서 소설을 쓰게 되며 그러면서 무
엇을 욕망하고 있는가, 또한 현실 세계와 어떤 소통 관계를
이루고 있는가 하는 점은 소설가의 존재론적 물음이 될 것이
다.

「병신과 머저리」에서 형은 수술을 하다가 한 소녀를 죽게
하였다는 것과 6·25전쟁때 김일병이 오관모에 의해 살해당할
때 방조하였다는 것 때문에 괴로워하다가 소설 쓰기란 행위
를 통하여 자기 구원을 받는다. 실제 체험에다가 커다란 죄의
식이 관념의 덩어리가 되어 그의 의식세계를 지배해 왔으며
어떻게 해서든지 이것을 풀지 않으면 안 되겠기에 자기 고백
적인 글을 쓰게 된다. 고백적인 글이라면 일기나 자서전처럼
은밀하면서 자기 자신만의 목소리를 담아 낼 수 있는 장치가
있는데도 굳이 소설을 쓴다고 하는 것은 소설이 무엇인지에
대한 물음을 갖게끔 한다. 소설이란 일기나 자서전과는 달리
추상적이며 허구적이고, 그런 허구를 통하여 진실을 추구한다.
현실을 긍정적으로 받아들일 수 없는 상황에서 그리고 과거
의 상처가 자신의 내면 깊숙이 자리 잡고 있을 때 현실 속에
서 소외와 갈등을 겪게 되며 그 과거의 상처가 현재 위에 쌓
여가고 그러면서 과거를 부정하게 된다. 이렇게 과거의 자신

을 솔직히 털어 놓을 수 없는 것은 자의식 때문이기도 하다[50].
이런 자의식으로 쌓여 있는 인물은 그래도 어떻게 해서든지
자신의 이야기를 진술하려고 한다. 「소문의 벽」에서 박준이
보인 임금님 귀는 당나귀 귀라는 우화처럼 말하지 않으면 견
딜 수 없는 진술 욕망을 지니고 있는 것처럼 형은 어떻게 해
서든지 자신의 심층의식에 있는 죄의식을 말로 표출하려고
한다. 그리고 그의 소 설속에서 형 자신의 분신인 〈나〉란 인
물이 김일병을 죽인 오관모를 살해하는데, 작가 개인의 과거
의 체험이 논리적인 허구를 통하여 나타남으로써 죄의식을
씻게 되고 현실적 욕망마저 충족된다. 실제로는 죽지 않은 오
관모를 허구라는 공간 속에서 살해함으로써 과거에 그러지
못했던 자신의 행동에 대해 용서를 구하게 되는 것이다. 그런
다음 형은 현실세계에 살게 된다.

　이렇든 과거의 체험이 작가 자신의 내면의 심층 속에 있다
가 현실에서 허구화로 되어 나타나 자기 자신을 구제하는 양
상은 「소문의 벽」에서도 나타난다.

　「소문의 벽」 속의 나오는 소설 속의 G라는 인물은 정체불
명의 심문관에 의해 심문을 받는다. G는 6·25때 경찰과 공비
가 번갈아 들이닥치는 상황 속에서 어느 날 밤중에 군인들이
와서 전짓불을 비추며 어느 편이냐고 묻는다. 전짓불 때문에

50) 오생근, 갈등과 극복의 윤리, 삶을 위한 비평, 문학과지성사, 1978, pp.250~251

상대방의 정체를 알 수 없게 되어 국군 만세라고 할 지 인문군 만세라고 할 지 망설일 수밖에 없게 된 것이다. 그리고 언제나 말은 진실과 반대방향으로 나오고 그것이 그로 하여금 진술 거부증에 이르게 한다. 그리고 심문관 앞에 진술하기를 종용받지만 그는 진술할 수 없는 것이다.

> --- 우리들의 정체에 대한 불요부당한 의혹, 그리하여 끝끝내 정직한 진술이 불가능했던 위구심과 망설임, 그것들은 용서받을 수 없는 음모의 가능성인 것입니다."
> (중략)
> "당신의 전짓불과 나에 대한 두려움, 그것은 이미 스스로 선택한 당신의 수형의 고통이지요. 그리고 당신은 그렇듯 스스로 선택한 수형의 고통 속에 이미 반쯤 미친 사람이 되었거나 앞으로 계속 미쳐 갈 게 분명합니다. 당신은 우리들의 심판에 앞서 자신의 형벌을 그렇게 스스로 선고받고 있는 것입니다……."('소문의 벽', 열림원, 1998, pp.131~133)

박 준이란 인물은 G에서 보여지듯이 전짓불 공포증에 시달리고 있으며 이런 어릴 때의 정신적 상처로 하여금 진술 거부증에 걸려 있는 것이다. 그런데 그는 누구인가. 작가이지 않은가. 작가란 끊임없이 진술을 해야 하는 천형과도 같은 운명을 갖고 태어났다. 작가는 그 정체가 무엇인지 보이지 않는 전짓불의 공포를 견디면서 계속해서 자기의 진술을 해 나갈 수밖에 없으며, 그렇지 못하다면 영영 해소될 수 없는 내부의 진술 욕망과 그것을 무참히 좌절시킨 외부의 압력 사이에서 미치광이가 되어 버리지는 않고서는 배겨날 수 없는 것이다. 그리고 박준이 지금 당장 겪고 있는 전짓불의 공포는 소문이다. 소문은 진실을 뒤로 한 채 두터운 소문의 벽만을 만들어 내고 있으며 그것이 한 인간의 실존을 자극하고 있는 것이다.

화자는 박준의 전짓불 공포가 갖는 의미가 작가의 진술하려는 욕망이며 그 너머에 있는 진실을 밝히려는 것으로 이어짐을 보았다. 이런 박준의 삶을 통하여 화자는 자신이 하고 있는 잡지를 만드는 것 역시 진술하려는 게 아니냐 하며 과연 진실에 얼마나 다가 가 있는지를 반성한다.

이러한 작중 소설의 인물을 통하여 화자가 자신의 삶을 반성하는 모습은 「매잡이」에서도 나타난다.

「매잡이」는 지난 봄 갑자기 세상을 등진 민태준을 화자가 추적하는 과정에서 매잡이인 곽서방을 통해서 매잡이 풍속을 알게 되고 그것을 통하여 민형의 삶의 자세를 그려내고 있는 작품이다. 곽서방은 매잡이인데, 매를 잡는 사내가 아니라 매를 부리는 사내로서 자연과 인간이 하나가 된 풍속의 시대를 살았던 인물이다. 그러나 그런 풍속이 언제부터인가 마을에서 사라지게 되었고 그러는 과정에서 곽서방은 정체성을 잃게

된다. 곽서방이 매잡이에 대해 어떻게 생각하고 있는 부분은
민형의 소설에서 〈나〉란 화자와 나눈 대화에서 아름다움으로
나타나고 있다.

> ---- 그렇다면 매의 운명에 대해서 생각해 본 일이 있읍
>   니까?
> ---- ……
> ---- 이상하군요. 학대와 굶주림과 사역이 당신이 매를
>   생각하는 방법의 전부라는 것은.
> ---- 알 수 없읍니다. 나는 매를 부리는 사람일 뿐입니
>   다. 하지만 그건 매를 부리는 쪽도 마찬가집니다.
> ---- 어떻게 마찬가지일 수 있읍니까?
> ---- 선생은 매가 하늘을 빙빙 돌거나 땅으로 내려박힐
>   때 그 곱고 시원스런 동작을 보신 일이 있겠지요.
>   그건 아름답습니다. 아마 선생도 그렇게 생각하셨
>   겠지요. 하지만 난 알고 있읍니다.
>   나는 눈으로 다음 말을 재촉했다 ----.
> ---- 그 아름다움이 무엇인지를 말입니다. 한데 선생은
>   이 일에 관해서 ……
>
> (이청준, 「매잡이」, 심지, 1989, p.307)

  곽서방은 매가 하늘을 날아가는 모습에서 아름다움을 발견
하게 된다. 이것은 자아가 세계와 합치된 속에서 느낄 수 있
는 합일된 상태이며, 곧 풍속의 시대였던 것이다. 그러는 풍속

의 시대에선 진정한 장인 정신이 생겨날 수 있다. 장인이란 신이 부여한 이성과 질서를 가지고 세계를 있는 그대로 묘사해 놓으면 되는 것이다. 그러나 곽서방 앞에 놓인 시대는 그런 풍속의 시대가 아니다. 산업화되면서 각박해진 인심이 사람들을 더욱 더 현실에서 소외시키는 그런 시대인 것이다. 그런 시대에서 더 이상 살아 나갈 수 없기에 죽음을 선택할 수밖에 없게 된다. 민형 역시 곽서방을 따라 죽는데 화자는 이런 모습을 통해 현대사회의 각박해진 삶의 모습을 되돌아보게 된다. 물론 소설이라는, 즉 말하는 방식이라는 장치를 통하여 그러는 것이다.

이와 같이 「병신과 머저리」, 「매잡이」, 그리고 「소문의 벽」은 화자가 한 인물을 추적해 가면서 그들이 써 놓은 소설을 보게 되면서 자신의 삶을 되돌아보는 방식을 취하고 있다. 그리고 그들 앞에 놓인 시대란 인간성이 상실된 6·25와 산업화된 사회이다. 이런 시대 의식을 바탕으로 하면서 당면한 문제들을 소박하게 드러내는 게 아니라 작가란 자신의 존재와 사회적 삶과의 상관관계를 되묻고 있는 것이다. 그러는 과정들을 모두 화자의 입으로 말하고 있는 것이다. 이것은 단순한 서사 문법이 아니며 성찰(Reflexion)의 일종이라 할 수 있다[51]. 루카치는 성찰을 소설의 본질에 속하며 서사적 단순성과 소설을 구

---

51) 루카치, 반성완 역, 『소설의 이론』, 심설당, 1993, p.84

별시켜 주는 요소라 하고 있다. 성찰이란 에세이라는 구체적 양식을 통하여 발현되기도 하지만, 화자를 통하여 작가가 직접적으로 자신의 내면성을 들어내는 방식이다. 이러는 성찰의 방식은 작가가 왜 글을 쓰는가 하는 물음을 묻는 것과 같은 것이며, 결국 이청준은 과거의 체험에 생긴 죄의식이나 공포감을 진술하려는 욕망에 의해서 소설을 쓰며, 그것을 통하여 단절된 현실과 소통하려고 하며 또한 소설이라는 허구적 세계를 통하여 현실에 못지않은 삶을 펼쳐 보이려 한 것이다.

진실을 추구하는 과정으로서의 소설쓰기

「병신과 머저리」의 형은 6·25전쟁때 입은 정신적 상흔 때문에 괴로워하다가 이것을 극복하기 위한 방식으로 소설을 쓴다. 형의 소설에는 〈나〉라는 1인칭 서술자가 주인공이 되고 서술자가 되기도 하여 이야기를 펼쳐 나가고 있다. 그의 소설의 서장은 〈나〉가 어렸을 때 노루 사냥을 따라 나갔을 때 일어났던 일을 이야기하고 있는데, "총소리하며 노루의 핏자국이나 눈빛 같은 것들이 묘한 조화 속에 긴장기어린 분위기를 이루고 있"(이청준, 「병신과 머저리」, 심지, 1983, p.323)었다. 그리고 〈나〉가 병영 생활을 할 때 오관모 이등 중사가 김일병을

학대하는 걸 보게 되는 데, 그때 "〈내〉가 김일병에게서 보았던 것은 김일병의 눈빛이었다. 허리 아래에서 타격이 있을 때마다 김일병의 눈에서는 〈파란 불꽃〉같은 것이 빤짝이고 지나갔다는 것"(이청준, 「병신과 머저리」, p.324)에 대해 소설을 읽고 있는 동생은 여기에 "어떻든지 형은 그 순간에 적어도 파란 눈빛의 환각에 빠졌을 만큼 강렬한 경험을 견디고 있었던 것이 사실인 것 같았다"(이청준, 「병신과 머저리」, p.324)라고 주석을 달고 있다. 이처럼 「병신과 머저리」는 형의 소설이라는 한 텍스트 속의 이야기에 대해 그것을 읽고 있는 독자의 일종인 동생이 같은 방식으로 주석을 달고 있다. 또한 동생은 아직 완성되지 않은 형의 소설에 직접적으로 손을 대기도 한다.

> 나는 다시 형의 방으로 가서 쓰다 둔 소설과 원고지를 들고 나의 방으로 갔다. 기다릴 수가 없었다. 나는 화풀이라도 하는 마음으로 표범 토끼 잡듯 김일병을 잡았다. 김일병의 살해범이 누구인지 확실치 않은 것을 〈나〉로 만들어 버렸다. 그러니까 〈내〉(여기서는 형이라고 해야 좋겠다)가 관모가 오기 전에 김일병을 끌고 동굴을 나와서 쏘아 버리는 것으로 소설을 일단 끝내 버렸다.(이청준, 「병신과 머저리」, 심지, 1983, p.330)

그러는 과정에서 동생인 화자는 형의 소설이 어떻게 될 것인지를 계속해서 보게 되는데 독자의 관심이 직접적으로 소설과 소통하는 것이며 그 속에 직접적인 참여를 하고 있는 것이다. 그런데 이 둘의 관계는 소설을 매개로 하였을 때는 독자와 작가의 관계이고 현실에서는 형제간이 된다. 소설 속에 예술과 삶이 구분이 안 될 정도로 융합되어 있다. 그런 예술을 통하여 삶을 재평가하고 있는 것이다. 형이 소설 속에서 죽인 오관모는 현실에서 살아 있다. 형이 동생의 애인이었던 혜인의 결혼식에 갔다가 오관모를 우연히 보게 되고 그날 집으로 돌아와 자신의 소설을 불 속에 집어넣어 버린다. 더 이상 허구의 세계에 갇혀 지낼 필요가 없어진 것이다. 자기 자신을 솔직하게 시인하고 관모의 출현이 주는 현실에 대해 보다 명확하게 보게 됨으로써 자신의 옭아매고 있었던 관념을 파괴해 버릴 수 있는 용기와 힘을 가지게 되었기 때문이다. 이처럼 형은 자신의 아픈 곳을 아는데 비해 동생은 그럴 만한 과거의 체험이 없는 세대이다. 예술가인 동생은 외과 의사였던 형과는 달리 처음부터 현실에 치환될 필요가 없는 예술 세계 속에서 살고 있었으며, 이 세계는 리얼리티에 못지않은 합목적성과 자족성을 지니고 있다. 그것은 순전히 관념으로 가능하게 하였다. 그러나 그 내면 속에는 동생 역시 마찬가지로 깨진 유리 조각처럼 통일된 현실을 지니고 있지 못하다. 형의 소설이 진행되는 속도와 자신의 그림을 그려 나가는 게 같은 것에서 알 수 있다. 그림이 거울처럼 산산조각으로 깨어져 있었다는 것은 그의 관념의 세계가 무너졌다는 것을 말하며, 곧 자족적이지 못하며 합목적성을 띠지 못하는 세계에 있었다는 것을 보여주고 있다. 결국 동생의 괴로움은 자신이 생각하는 이상적 예술이 되지 못하는 창작의 아픔을 보여주고 있다는 점에서 형과는 다르다. 하지만 형처럼 깨진 유리 조각들을 다시 붙이기 위하여 많은 시간들을 자신의 정체성을 찾기 위해 살았던 것처럼 그 역시 성찰과 반성을 통하여 살기로 다짐한다.

이처럼 「병신과 머저리」는 소설 안의 또 다른 소설인 형의 소설을 바탕으로 하여 소설이 전개되어 나가며 그 속에서 화자와 등장인물, 작가들의 구분은 없어진다. 형의 소설은 자신의 체험을 바탕으로 하였기에 화자인 〈나〉(형의 소설 속의 화자)는 작가인 형의 분신이지만 실제로 살아 있는 오관모를 형의 소설 속에서 죽이는 것으로 볼 때 형이라고 할 수가 없다. 그리고 그런 형의 동생이자 형 소설의 독자인 〈나〉(「병신과 머저리」의 화자)는 형 소설 속의 〈나〉와 같이 화자나 작가가 되기도 한다. 이 소설에서 시점이나 화자의 태도 이런 것들을 그다지 중요한 의미를 띠고 있지 않다. 소설 속의 또 다른 소설은 이 소설을 이끌고 있는 화자인 〈나〉를 통해 모든 게 수렴되기 때문이다. 결국 앞장에서도 언급하였듯이 〈나〉 자신의 삶과 예술을 반성하고 성찰하는 내용을 담고 있는 소설인 것이다.

「매잡이」는 보다 구체적으로 소설이 창작되는 과정을 드러내고 있다.

〈매잡이〉라는 제목으로 세 편의 소설이 등장하는데, 첫번째 소설은 곽서방이 버버리 한 놈을 데리고 마을에서 매잡이를 하는 내용을 다르고 있다. 그러나 세월이 많은 흐른 지금의 마을은 옛날과 달리 인심이 흉흉하며 옛날과 같은 풍속이 남아 있지 않다. 그런 마을에서 곽서방은 "매잡이를 불러 주는 곳이 제 마을이었고 제 집이었다. 한데 이제는 그를 불러 주는 마을이나 집이 없었다. 물론 기다릴 가족도 없었다. 지금 그가 드나드는 곳이 제 마을이 되어 버린 것은 그가 바로 그 마을에서 영 주인 없는 신세가 되어 버렸기 때문이었다."(이청준, 「매잡이」, 심지, 1983, p.303) 그런 마을에서 곽서방은 더 이상 삶을 지탱해 나갈 수 없으며 결국 헛간에서 죽어 가고 있었던 것이다. 두 번째 소설은 민태준이 쓴 〈매잡이〉인데, 〈나〉라는 화자를 통하여 곽서방을 그려내고 있다. 그리고 이 소설은 곽서방의 죽음까지 가 있는데, 실제로 곽서방이 죽은 것은 민형의 소설이 쓰이고 난 다음의 일이다. 민형의 이야기는 곽서방의 운명에 대한 일종의 예언과도 같은 것이다. 그런데 어떻게 된 건지 민형의 이야기는 〈내〉(세번째 「매잡이」를 쓰고 있는 〈나〉)가 첫번째로 쓴 소설과 똑 같이 곽서방이 죽는 것으로 결말을 내릴 수 있는 것인가. 첫번째 소설에서 곽서방이 죽는 이유에 대해 무엇이라고 명확하게 답을 내리지 못하고 있는 것에 비해 민형의 소설은 매잡이로서의 운명과 진실 때문이라고 한다. 첫번째 소설은 엄밀히 말해 소설이라고 불려지기 보단 하나의 이야기에 지나지 않는다. 자연과 인간이 하나가 된, 풍속 속에서 살아가는 인간의 모습은 평온하며 행복하기까지 하기 때문이다. 그런데 여기에 민형의 두 번째 소설이 겹쳐지게 되면, 다시 말해 민형 소설 속의 〈나〉와 곽서방이 나눈 대화 부분이 들어가게 되면 하나의 소설이 된다. 매가 하늘로 날아가는 모습에서 곽서방이 아름다움을 얘기했는데, 말을 도중에 끊더니 〈나〉를 성난 매의 눈을 하며 쏘아보면서 "가시오. 당신은 나를 못 견디게 하오. 몇 번이고 당신을 죽이려고 생각했소. 가지 않으면 지금 당장이라도 당신을 죽이려 들지 모르오."(이청준, 「매잡이」, 심지, 1983, p.307)라고 한다. 여기서 곽서방이 〈나〉를 죽일지 모른다고 하는 것은 생존의 처절한 실상과 풍속과의 괴리 속에서 그 스스로 진실을 얻기 위하여 지금까지와는 다른 방식의 싸움을 하고 있는 것이다. 풍속이란 곽서방만의 풍속이었지 민형 그 자신의 풍속은 아니었던 것이다. 그리고 그 풍속은 우리들 자신의 풍속도 아니다. "우리에게 애초 우리들 자신의 어떤 풍속도 가능성이 용납되질 않고 있는 것이다. 그래 우리는 우리들 자신의 풍속의 의상이 없는 시대에서 그 삭막하고 참담스런 삶의 현실들을 맨몸으로 직접 살아 내고 있는 것인지도 모른다."(이청준, 「매잡이」, p.309) 풍속이 없는 세대에 속하였던 민형도 결국 자살하게 만드는 비극적 상황이란 이상을 상실한 문제적 개인이 나갈 수 있는 극도의 환멸의 세계적 상황이라 할 수 있다. 결국 풍속이 사라진 시대에 쓰인 것은 바로 소설이며, 이청준은 이런 것을 소설 속에서 탐색해 나가고 있다. 이런 과정들을 있는 그대로 소설로 그려내고 있는 것이다.

「매잡이」는 「병신과 머저리」처럼 소설 위에다 소설을 다시 쓰는 형태가 아니라 이야기를 바탕으로 하여 소설이 창작되고 있음을 말하는 것이다. 화자인 〈내〉가 처음에 쓴 「매잡이」를 소설이라고 하지만 곽서방을 중심으로 한 풍속의 이야기에 지나지 않으며 민형이 쓴 소설이 덧붙여졌을 때 분명한 하나의 소설이 된 것이다. 그리고 〈내〉가 민형의 조사한 자료를 바탕으로 하고 있지만 그 위에다 주석을 다는 것은 역시 작가인 〈나〉가 할 일인 것이다. 이 소설의 화자인 〈나〉는 세 번째 소설인 〈매잡이〉를 쓰고 있는 작가이다. 그가 어떤 경로를 거쳐 세 번째 소설을 쓰게 되었는지를 이 소설은 밝히고 있는 것이다. 여기서 「병신과 머저리」와 마찬가지로 화자와 작가, 그리고 등장인물들이 모두 〈나〉란 인물로 수렴되고 있다. 풍속이 사라진 시대, 산업화된 사회 속에서 소설 형식이 취할 수 있는 방향을 모색한 소설인 것이다.

「소문의 벽」은 박준의 소설 세편, 〈괴상한 버릇〉, 〈벌거벗은 사장님〉, 〈전짓불 이야기〉를 바탕으로 하여 편집 일을 하고 있는 화자인 〈나〉가 어떻게 그가 정신병원에 갇히게 되었는지를 밝혀 나가는 과정을 그려내고 있다. 박준의 세편 소설에선 모두 진술행위가 갖는 의미가 무엇인지를 드러내고 있는데, 사람이란 진술 욕망을 가지고 있으며 어떤 공포에도 그 속에 담겨진 진실을 얘기하는 게 작가의 양심이라고 한다. 그러면서도 작가는 전짓불로 상징되는 그 너머의 진실을 알 수 없기에 언제나 공포감을 갖고 있다. 그러나 작가의 운명은 자기의 진술을 얘기할 수밖에 없고 그러지 못한다면 미쳐버리고 만다. 결국 진실에 대한 진술 욕망이 작가의 글쓰기 욕망인 것이다. 이 소설의 서술 대상인 작가인 박준은 세상과 소통할 수 있는 수단으로 말을 선택하고 있다. 그 말을 통해서 자신의 진실을 담아내려 하며 그 속에서 참된 진실을 밝혀내려 한다. 소설 속의 박준의 세편 소설은 모두 말 때문에 벌어지는 일들을 담고 있다. 〈괴상한 버릇〉에서는 폭력에 피신하여 창고 속으로 들어가 움치려 있다가 잠이 들었다가 아버지의 전짓불에 놀라 깨어난다. 그리고 그 너머에 있는 아버지의 힘에 눌려버리게 된다. 말을 못하게 하는 것은 눈에 보이지 않는 커다란 힘이고 그것이 그를 공포감에 빠지게 한다. 〈벌거벗은 사장님〉도 마찬가지로 사장님의 비행을 말하지 않으면 안 되는 진술욕망에 사로잡혀 있지만 말하면 해고당한다는 현실에 굴복하지 않을 수 없다. 〈전짓불 이야기〉 역시 심문관에 말하기를 강요당하지만 그는 말을 할 수가 없는 것이다. 이런 박준 소설 속의 이야기는 실제로 박준이 정신병원에 감금당하였을 때 김박사란 인물에 의해 이뤄지고 있다.

> "박준을 정말로 미치게 한 것은 박사님 당신이란 말입니다. 박준이 이 병원을 찾아오기 전부터 그 전짓불에 견딜 수 없는 괴롭힘을 당하고 있었던 것은 사실입니다. 하지만 박준은 그래서 자신의 피난처로 이 병원을 찾아온 것입니다. 이 병원 안에서 자신을 광인으로 심판 받음으로써, 그 전짓불과 불안한 소문들과 모든 세상일로부터 자신을 해방시키고 싶었던 것이지요. 그런데 불행하게도 그가 피난처로 찾아온 병원이야말로 진짜 전짓불, 더욱더 무서운 전짓불의 추궁이 기다리는 곳이었어요. 박사님은 그가 누구보다 큰 진술의 욕망을 지니고 있기 때문에 오히려 더욱 철저하게 그 욕망을 숨기려고 했던, 그러지 않을 수 없었던 박준을 이해하지 못한 것입니다. 박사님은 그 살인적인 사명감과 자신력으로 어젯밤 끝내 박준을 미치게 하고 말았어요. 다른 사람 아닌 바로 박사님이 말입니다."(「소문의 벽」, p.149~150)

현실에서 강요당하는 진술을 거부하기 위해 정신병원에 들어 온 박준은 병원 안에 진술을 강요하는 더 큰 무엇이 있자 결국 다시 병원을 뛰쳐나가게 된다. 박준의 소설들은 화자가 박준이 왜 정신병원에 들어갔으며 나오게 됐는가를 알 수 있게 한 단서가 된다. 이것은 「병신과 머저리」나 「매잡이」이와는 달리 화자가 적극적으로 소설 속의 소설 안에 개입하지 않은 방식을 띠고 있다. 다만 한 인물의 내면 심리를 추적해 나아가는데 단서가 됨을 말해 주고 있다. 「병신과 머저리」속의 형이 죄의식을 치유하기 위해 소설을 썼던 것처럼, 박준은 공포 의식을 극복하기 위해 소설을 쓰고 있음을 보여주고 있다. 결국 소설이란 작가 자신의 내면의 정신적 충격을 치유하기 위한 일종의 방식이라고 할 수 있다. 그러나 이것이 한 개인사에 그치는 게 아니라, 6·25전쟁이라는 역사와 만나면서 한 시대의 인간들의 보편적인 정서로 확장되는 의미를 지니게 된다.

지금까지 살펴본 이청준의 이들 소설은 소설이라는 예술적 장치를 방법으로 하여 한 작가가 현실을 어떻게 살아 나갈 것인가를 성찰하고 반성하는 과정을 그려내고 있다. 여기서 이청준이 소설을 바라보는 태도는 현실 저 너머에 있는 이상을 강력하게 희구하고 있음을 엿볼 수 있다. 문학이 더 이상 자기 구제가 되지 않으며 현실로부터 소외된 자신이 세상을 향해 거는 복수도 아닐 수 있다. 물론 이와 같은 귀결점이란 선험적으로 내지 깊은 인식의 결과를 소설로 형상화하지 않는다. 이런 귀결점에 이르는 과정을 이들 소설을 그대로 펼쳐보이고 있는 것이다. 그러므로 그 과정에는 자기 구원도 있고, 풍속의 시대로 가고자 하는 열망도 담겨져 있다. 그러면서 결국 하나의 유토피아를 지향하게 되는 것이다. 그것은 진실이며 본질이라고 할 수 있다.

맺음말 : 소설적 재현에 대한 회의

  앞에서 살펴본 이청준의 소설들은 현실을 통하여 소설을 만드는 게 아니라 이미 언어적으로 형성되어 있는 소설들을 바탕으로 하였다는 점에서 루카치 식의 소설 문법을 파괴하고 있으면서 재현에 대해 다시금 생각하게 만든다.
  이들의 소설이 현실을 재현의 대상으로 하지 않는다는 점은 서사적 묘사의 어려움에서 기인한 것이다. 외부적 리얼리티가 내면성과 낯설고 적대적인 상태로 대치되면서 그 리얼리티 자체가 불확실성으로 빠져들고 관계상 실의 상태가 되며 그에 따라 측량 불가능한 성격이 되고 만다. 「병신과 머저리」에서 과거의 체험이 아픔으로 자리 잡은 상태에서 더 이상 외부적 리얼리티를 드러내지 못하고 있으며, 「매잡이」에선 풍속이 사라진 상태에서 마찬가지로 리얼리티 자체가 불확실성으로 빠져들게 되는 것에서 드러나고 있다. 더 이상 소설은 삶의 리얼리티와, 풍속, 진실 등이 몰락한 상태에서 모사가 될 수 없다. 이런 파열된 세계에서 소설에서 요구되는 것은 서사문학의 전통적 묘사수단의 작용을 일으키는 형식적인 통일을 포기하고 시대에 따라 걸맞은 예술적 양식이 재생산되어야 하는 것이다. 이점은 루카치에 의해 소설이 자기시대의 대표적인 문학형식이 되어야 하며 또한 소설의 요구가 당대가 처한 문제에 대해 무제한적으로 개방성을 지녀야 하는 것이다. 그러한 현실이 무수한 외부적 현상의 종합에서도 모사될 수 없을 때, 묘사 불가능해진 리얼리티로부터 등을 돌리고 자율적인 미학적 현실의 구조로 접근하게 된다. 즉, "소설은 외부적 리얼리티를 모사하거나 중복하는 것이 아니라 새로운 리얼리티를 만들어내야 한다는 것이다."[52] 여기서 중요한 것은 리얼리티가 아니라, 도한 미리 존재하는 삶의 총체성을 묘사하는 것이 아니라 재현을 통하여 창조되는 총체성과 진실성이다. 소설이라는 서사 구조는 삶과 현실의 모범 형상과는 무관하게 자신의 고유한 세계를 만들어 낼 수 있으며 그러는 과정 속에서 또 다른 현실을 창조해 내야 하는 것이다. 이청준의 위와 같은 소설들은 삶과 예술이 밀접한 관계를 지니고 있

---

52) 위르겐 슈람케, 원당희·박병화 옮김, 현대소설의 이론, 문예출판사, 1995, p.235

으며 그 속에서 현실적 삶 못지않은 합법칙성을 지닌 세계를 만들어 내고자 하는 강한 열망을 나타내고 있다. 「병신과 머저리」는 소설의 범주를 설정해 주었고, 「매잡이」는 하나의 소설이 탄생하는 과정에서 소설이란 한 예술가가 이 세계와 맞서 싸워 나가는 방식 중의 한가지라는 점을 표현하고 있다. 여기에 「소문의 벽」 역시 소설의 진술이란 현실 저 너머에 있는 이상을 향해 있음을 드러내고 있다. 이처럼 이들의 소설은 외부적 리얼리티를 능가하는 완벽한 독자적인 세계를 드러내려 한 것이다. 이런 속에서 재현은 현실보다 더 풍부하게 짜여질 수 있는 독자적인 세계를 지닌 서사 속에서 나름대로 현실을 재창조해 나가는 적극적인 행위로 변모하게 된다. 현실을 단순히 모방하는 차원에 머무르지 않는 것이다. "만일 우리가 현실의 풍부함을 다시 창조하고자 한다면 삶의 전체적 문맥은 다시 구성되어야 하며 글은 완전히 새로운 구조를 가져야 한다"[53]라고 루카치는 말하고 있다. 서사가 무엇의 재현이 되느냐에 집착하는 한 언제나 그 무엇을 규정할 필요가 생겨나고 이에 따라 서사는 언제나 미리 존재하는 어떤 것의 복제품이 되어 버리고 개별 작품의 독자성마저 상실되고 만다. 위와 같은 이청준의 소설들은 현실과 예술 작품이 단절되어

53) Lukacs, The Historical Novel, trans. Hannian and Stanley Mitchell. 4th ed. New York:Penguin Books, 1981, p.365

있는 것이 아니라 서로 소통하는 관계로 되어 있다는 점에서 문학작품의 해석이 더욱더 풍요로워지며 그 속의 언어 역시 「소문의 벽」에서 나오는 심문관이나 김박사의 억압을 뚫고 나올 수 있게 되는 것이다.

결론적으로 이청준의 「병신과 머저리」, 「매잡이」 그리고 「소문의 벽」 등은 어떤 그 무엇을 지향하면서도 그것이 고정되어 있는 실재라고 하지는 않는다. 언제나 끊임없이 그 실재를 넘어 존재하는 것을 지향하는 과정을 반재현론hyper-representation에 의해 서사적으로 탐구하고 있는 것이다.

고백적 이야기

신경숙의 『외딴 방』

들어가는 말

가발공장에서 가발을 쓰고 일하는 소녀가 있었다. 그녀
는 일을 하면서도 영등포여고 산업체 특별학급에 다니며 공부
를 하였고, 구로공단을 나와서는 서울예술대학 문예창작과에
입학하여 소설 수업을 쌓다가 1985년 『문예중앙』신인문학상을
수상하며 소설가로 등단하였다. 그녀가 작품활동을 한 80년대
중반에서 90년대 초반의 우리나라는 개발독재가 와해되면서
민주화의 열기로 가득 차 있었으며, 문학에서는 민중문학, 노
동문학, 민족문학이 주류를 형성하여 혼란의 시대를 반영하고
있었다. 그러나 그녀는 그런 시대의 흐름과는 상관이 없는 듯

이 시적 언어로 자신의 체험을 내밀하게 조직(組織)하였으며, 여성 특유의 감성적 내면과 전통적 정서인 상처와 아픔을 뛰어난 언어감각으로 펼쳐내고 있었다. 그런 그녀의 문학은 역사성과 시대성이 반영되어 있지 않고 개인적 체험을 서술한 작가에 지나지 않는다는 비판을 받았다. 그러다가 『외딴 방』이 발표되고 난 다음에는 반대 상황이 벌어져, 이 작품을 두고 '노동문학'이니, '민족문학'이라 하였으며[54], 백낙청은 "개인 차원의 진정한 변화가 수반되는 '시대의 증언'이나 '사회현실의 고발'만이 뜻 있는 사회변화를 가져올 수 있고 민족문학의 이름도 살릴 수 있다"[55]라고 상찬(賞讚)까지 하였다. 한 작가의 갑작스런 변모란 쉽게 생각해볼 수 없는 것인데도, 이 작품을 두고 많은 비평가가 노동문학·민족문학이라고 하는 데는 담론의 전략화가 담겨져 있는 것이 아닌가, 아니면 정말로 지금까지 숨겨져 있었던 작가의 사회·역사적 문학 색채가 발현되어 나온 것인가 하는 의문을 가져본다. 전자의 문제에는 7,80년대의 연속선상에서 90년대 문학을 파악하고자 하는 평자들의 의도가 담겨져 있기 때문에 최근 한국현대문학의 한 단

---

54) 다음과 같은 평문을 참고하였다.
   염무웅,〈글쓰기의 정체성을 찾아서〉,《창작과비평》1995년 겨울호 / 박해현,〈우물속의 하얀 새〉,《문학동네》1996년 봄호 / 김사인,〈외딴 방에 대한 몇 개의 메모〉,《문학동네》1996년 봄호 / 황도경,〈'집'으로 가는 글쓰기〉,《문학과사회》1996년 봄호 / 최원식,〈제11회 만해문학상 심사경위〉,《창작과비평》1996년겨울호
55) 백낙청,〈『외딴 방』이 묻는 것과 이룬 것〉,《창작과비평》1997년 가을, p.241

면을 볼 수가 있으며, 후자의 문제에는 지금까지의 작품들과는 판이하게 다른 성격을 『외딴 방』이 지니고 있어 한 작가의 문학적 흐름을 파악할 수 있다.

신경숙은 자신의 성장기 삶을 있는 그대로 고백하고 있으면서, 사실과 픽션의 중간쯤의 글쓰기라고 스스로 작품의 성격을 규정짓고 있으나, 그것마저도 자신의 문학의 현 주소를 고백하고 있는 것처럼 읽혀진다. 고백이란 작가 자신의 내밀한 곳에 숨겨진 경험을 드러내는 방식이면서도 잘못한 것에 대한 용서의 주술이기도 하다. 그러면서 진실을 담보로 한 담론이어서 화자의 진실성은 끝임 없이 얘기될 수밖에 없다. 어쩌면 진실의 서술방식이라고까지 할 수 있을 정도로 작가와 담론, 그리고 독자 사이의 서술 구도는 다양하고 다채롭게 짜여져 있다. 그들의 관계망에 의해 펼쳐진 텍스트는 고정되어 있기보다는 계속적으로가 텍스트가 생산되어 나오면서 진실의 절대성은 점차 사라지게 된다. 다만 그들 관계망에 의해 형성된 글쓰기만이 남을 뿐이다. 그래서 신경숙의 『외딴 방』에서 발견되어지며 고백의 의미가 구체적으로 나타나 있기도 하다. 이 글은 신경숙 자아의 형성과정을 통해 텍스트의 내적 구조와 의미를 살펴보며, 그럼으로써 문학사회학적 가치를 찾아내고자 하는 목적으로 쓰여진다. 또한 20세기가 얼마 남지 않은 이 시점에서 90년대 문학이 7,80년대 문학과는 달리 외딴 섬과 같이 과연 놓여져 있는가를 살펴보고자 하며, 그리고 새천년의 문학은 어떤 모습으로 가야하는지에 대한 방향을 제시하고자 한다.

자연성과 가족에 의한 절대적 자아 형성

신경숙이 열여섯 되기 전인 고향에서의 생활과 열여섯에서 열아홉까지의 구로공단 생활이 체험을 이뤄 자아(自我)를 형성하게 되었다. 그녀는 자신의 분신인 화자이자 주인공을 내세워 어른이 되기 전까지의 삶을 그려냄으로써 자아 형성의 배경을 그리고 있다.

자연성을 지닌 절대적 자아

작품 속에 작가의 분신이라 할 수 있는 화자이자 주인공인 '서른셋의 나'[56]는 열아홉에 '외딴 방'을 뛰쳐나와 서울예술대학 문창과에 입학하고 소설가로 등단하여 작품 활동을 하면서 행복하였다고 한다. 그러나 "내가 너희와 글쓰기로 정면

---

56) 화자이자 주인공의 이름이 경숙이므로 작품 바깥의 작가 신경숙과 동일인이다. 이 글에서 특정한 상황과 연대를 기입하는 것을 제외하고는 그들 모두를 '그녀'라 부르기로 한다.

대결을 하지 못했던 건 내가 태어난 마을을 생각할 때 가지게
되는 행복 같은 건 어디서도 엿볼 수 없었"(1권 80~81쪽)다
고 한다. 그 시절(열여섯에서 열아홉까지의 구로공단 시절)을
글로 옮기지 못하였던 것은 고향과 같은 행복감이 떠오르지
않았기 때문이라는 얘기다. 그녀에게 고향의 이미지란, "잘 있
거라. 나의 고향. 나는 생을 낚으러 나를 떠난다."(1권 27쪽)이
듯이, 자기 자신과 같이 존재의 근원처럼 내재되어 있다. 그런
고향을 "따스하다"(1권 15쪽)는 감각으로 기억한다. 그녀에게
존재의 근원이자 몸의 기억의 원천으로 있는 고향은 인간의
이성적 사고나 사회의 합리적 사고가 개입되기 전의 원초적
자연과도 같은 상태로 있다. 또한 그녀의 자아가 세계와 대
립·갈등을 겪기보다는 오히려 일체감을 갖게 하여 행복감을
주었다. 그런 고향에서 받은 상처와 아픔은 그녀에게 감각으
로만 있을 뿐이지 관념으로 나아가지는 않았다. 그러므로 그
녀가 그 상처를 이겨내기 위해 '순결한 그 무엇'을 지녀야 한
다는 것은 관념이나 이성적 사고가 아니라 생(生)의 근원과도
같은 자연성의 본질을 뜻한다.

  자연성(自然性, Naturalness)은 인간의 이성으로 논리적으로
설명되는 사회성과는 반대되는 개념이며 옳고 그름을 따지지
않는 자기 충족적인 상태로 존재한다. 자연성을 지닌 인간은
사회적 관계로부터 벗어나 '절대적 자아(絶對的 自我)'로 존

재한다. '절대적 자아'란 다른 자아와 비교되지 않으면서 고유하며 그 자체로 존재하는 자아라 할 수 있다. 그 속에 문제가 되는 건 자기 자신이다. 진정으로 자기 자신일 줄 아는 인간은 자신의 내면의 법칙, 곧 자신 속의 자연성에 따라 부여받은 운명을 충실하게 수행한다. 상처와 아픔을 부정하고 거부하는 것이 아니라 그 속에 있는 자연성의 본질을 운명으로 받아들이는 것이다. 자연성이 세속적 삶에서는 도덕적 가치판단의 기준으로 발현되어 나온다. 참된 인간으로 존재하게 하는 데 거울과도 같이 반성의 주체이자 대상으로 존재하는 것이다.

그녀가 도덕적 순결성을 지니고 있는 모습은 '열여덟의 나'가 윤순임 언니의 돈을 훔친 뒤 외딴 방에서 이불을 뒤집어쓰고 괴로워하거나, 외사촌과 '열일곱의 나'가 학교에 가기 위해 노조에서 탈퇴한 뒤 노조지부장 언니를 제대로 보지 못하고 피해 다니든지, 그리고 고향 친구인 창의 아버지한테 보내려고 했던 편지를 잃어버린 뒤 참회하는 등에서 발견할 수 있다. 그녀가 사회적 인간관계를 형성해 나가는 데 있어서 도덕적 순결성과 같은 자연성을 인성의 중요한 요소로 갖추고 있음을 볼 수 있다. 그러나 지나친 도덕성은 쉽게 상처를 받게 하며 다른 사람과의 관계를 단절 시켜 자기 자신만의 폐쇄적 공간에 가두기도 한다.

이 집에 살 때 내가 가장 사랑한 장소는 우물과 헛간이
었지. 숨기거나 숨을 수가 있었으므로. 내 몸에 감출 수 없
는 것들을 나는 우물에 감추었다.

(『외딴 방』 2권, 문학동네, 1996, p. 242)

위의 예문에서 볼 수 있듯이 우물은 그녀가 가장 사랑한 장
소이며 숨을 수도 있는 공간이다. 우물 바깥이 아니라 우물
속에 있을 때 비로소 자신의 고유성을 발견할 수 있다는 것이
다. 그리고 자신의 몸으로 감출 수 없는 것들을 우물에 감춘
다던가, 발바닥을 찍게 하였던 쇠스랑을 우물 속에 숨겨 놓는
행위는 아픔이라는 감각을 몸 자체로 기억하고 있다는 의미
가 된다. 왜냐하면 우물이 곧 자기 자신을 상징하기 때문이다.
결국 그녀에게 우물이란 인식의 주체이자 객체가 되기도 하
며, 그 속에는 '순결한 그 무엇'과도 같은 자연성이 담겨져
있음을 상징하는 것이다.

그런 자연성을 지닌 '절대적 자아'는 그녀의 유년기 환경에
의해 결정되었으며, 신경숙 문학의 심층 세계를 이루는 한 요
소가 되었다.

가족을 통해 드러난 자연성

신경숙으로 하여금 자연성을 갖게 한 고향에는 가족이 있으며, 그 중에 엄마가 그녀에게 중요한 존재로 있다. 엄마에 대한 묘사를 그녀는 다음과 같이 하고 있다.

> 바람 저편에 엄마가 있다. 비탈진 산밑 밭에 고추 모종을 하고 있는 엄마가. 자연은 엄마가 무서울 것이다. 간밤 폭풍으로 볏모를 뿌리째 드려내놓아도 엄마는 날이 개면 일일이 잡아당기고 일으켜 세우고 끈으로 묶어 다시 중심을 잡는다. (1권 66쪽)

그녀의 엄마는 동물 세계에서 자신은 굶어도 새끼를 위해 먹이를 물어주는 어미처럼 강한 모성애를 지녔다. 어린 '열여섯의 나'를 학교를 못 보내고 서울의 큰오빠한테 보낼 때 안타까워하는 마음, 큰오빠가 취직하였을 때 닭을 싸들고 와 먹이려는 정성 등에서 넓고도 깊은 사랑을 볼 수 있다. 그런 엄마는 언제라도 되돌아갈 수 있는 근원 같은 존재로 그녀의 무의식 속에 자리 잡고 있다. 그런데 아버지는 가부장적 모습과는 거리가 멀고 가게를 운영하고 자식들에게 요리 솜씨를 발휘하곤 하는 인물로 그려져 있다. 그녀의 가족에서 가장은 아버지가 아니라 오히려 큰오빠일는지 모른다. 큰오빠는 그녀와

셋째오빠, 그리고 외사촌의 생활을 책임지며 최소한의 인간관
계인 가족을 지키기 위해 낮에는 공부하고 밤엔 숙직근무를
하고, 방위근무를 하면서도 가발을 쓰고 학원 강사 일을 하며,
대학을 졸업하고 취직을 하고서도 동생 공부를 시키는 등 전
형적인 가장의 노릇을 다하였다. 어느 날 큰오빠는 셋째 오빠
를 공부 안 하고 데모만 하고 다닌다고 야단을 친일이 있었
다. 큰오빠는 고시 합격하고 난 뒤에도 얼마든지 불합리한 사
회를 고쳐 나갈 수 있다는 현실적 생각을 하였지만, 셋째 오
빠는 이상 세계를 만들어 나가는 꿈을 버리지 않고 있었다.
둘의 싸움에서 그녀는 셋째 오빠에 감정 이입되어 난생 처음
소주를 마시게 하였고 울게 하였다. 그녀가 두 오빠의 싸움에
서 셋째 오빠 편을 들었던 것은 꿈을 꾸고 있었기 때문이기도
하지만, 자아가 상상계에 머물러 있었기 때문에 가능하였다.
라깡에 의하면, 유아기의 자아는 엄마를 곧 자기 자신으로 여
기는 나르시시즘 상태다. 그 상태에서 벗어나게 해 주는 것이
아버지라는 존재인데, 아버지는 현실적 삶의 질서와 체계, 그
리고 법칙을 뜻한다. 자아는 그 속에 편입되어야만 평온한 상
태를 유지할 수 있으나 거부할 때는 압젝션(abjection)이 일어
나 현실에 대한 강한 부정(否定)의식을 갖게 한다. 유년기 시
절 신경숙에게 아버지란 존재는 가부장으로서의 위엄과 권위
를 상실한 상태로 무화(無化)되어 있다. 그 시절을 보낸 그녀

가 열여섯이 되어서야 큰오빠를 통해 권위를 지닌 아버지와 같은 존재를 의식하게 된 것이다. 라깡은 나르시시즘적 자아가 인식하는 그런 아버지를 '작은 타자(他者)'라고 일컫는다. 작은 타자를 통해 세속적 삶의 질서와 법칙을 배우게 된다. 그녀가 서울에 와 여러 가지 현실적 아픔과 고난을 겪게 되며 큰오빠라는 가짜 아버지를 통해 삶의 질서를 알게 된 것이다. 그런 단계를 상상계에서 상징계로 접어들기 전 단계라 할 수 있다. 가짜 아버지인 큰오빠의 테두리를 벗어나게 되면 상징계로 들어가 가족들과 같은 맹목적 인간관계에서 벗어나 다른 사람과의 사회적 인간관계를 형성하게 된다. 그들을 '큰 타자(他者)'라 한다. 그녀에게 '큰 타자'일 수 있었던 사람이 희재언니였다. 그러나 그녀의 죽음은 '열아홉의 나'에게 크나큰 정신적 충격을 주어 자아를 상상계로 퇴행하게 하였다. 상징계로 접어들던 자아는 진짜 아버지가 있는 고향의 세계, 어머니의 포용성으로 드러난 자연성으로 되돌아 간 것이다.

신경숙의 자아는 유년기와 성장기의 경험에 의해 '절대적 자아'로 형성되었다. 그것은 고향과 같은 자연성에 의해 가능하였으며, 또한 정신적 충격에 의해 심리적 퇴행을 통해 이뤄졌다. 자연성은 세속적 삶의 도덕적 판단의 기준으로 작용하였으며, '순결한 그 무엇'이라는 절대 관념의 외연을 이루었다. 이와 같은 '절대적 자아'를 지닌 '자연성'이 신경숙 문학의 심층을 형성하게 된 것이다.

가발소녀의 고백과 진실

　　한국 근대화의 상징적 공간인 구로공단에는 자기 이름
도 가지지 못한 채 1번, 2번과 같이 번호로 불리며 일하는 10
대 후반의 소녀들이 있다. 그들은 단순 노동을 하며 최소한의
생계비로 살아가고, 자신의 존재에 대해 생각해 볼 틈도 없이
빠르게 지나가는 시간 속에 꿈마저 잃은 채 살아가야만 한다.
참혹한 현실 속에서 YH사태, 대통령시해사건, 광주민주화혁
명, 삼청교육대의 정화훈련 등과 같은 역사적 사건은 격동을
치며 그들의 존재성을 몰각시키고 있었다. 신경숙은 그들 중
의 한 명인데도 좀처럼 그 시절을 소설로 이야기하지 않았다.
그러면서도 그 시절에 매몰되지 않은 인물을 제시하며 '그 시
절'에 대한 자신의 인식을 보여주고 있다.

근대화의 풍속화인 구로공단

　신경숙이 '절대적 자아' 상태에서 자연성을 지닌 문학을 발
표한 것에 대해 하계숙과 같은 친구이자 독자들은 비난한다.

너. 는. 우. 리. 들. 애. 기. 는. 쓰. 지. 않. 더. 구. 나. (a)네.
게. 그. 런. 시. 절. 이. 있. 었. 다. 는. 걸. 부. 끄. 러. 워. 하. 는.
건. 아. 니. 니. (b)넌. 우. 리. 들. 하. 고. 다. 른. 삶. 을. 살. 고.
있. 는. 것. 같. 더. 라.

(1권 49쪽, 밑줄은 필자)

(a)에서 '그런 시절'이란 구로공단에서 일을 하며 영등포
여고 산업체 특별학급을 다닐 때이며, (b)에서 '다른 삶'이란
역사에 대한 부채의식 없이 꾸려 나가는 삶을 뜻한다. 여기에
'부끄럽다'는 형용사를 붙임으로써 그런 시절과 완전히 단절
된 다른 삶을 살고 있다고 그녀를 나무란다. 하계숙의 말에
그렇지 않다고 변명은 하지 못하나 억울하고 분한 감정은 위
의 인용문처럼 깨어진 문장으로 분출된다. 사실은 그렇지 않
은데도 그런 감정적인 반응을 보일 수밖에 없는 것은 그 시절
친구들의 얘기를 할 수 없었던 진짜 이유에 희재언니가 있었
기 때문이다.

희재언니는 '그 시절' 그 자체이며 외딴 방의 주인이다. 희
재언니는 한 남자를 사랑하였지만 애를 낳아 기를 수 없다는
남자의 말을 헤어지자는 얘기로 듣고는 그 외딴 방에서 자살
하였다. '열아홉의 나'는 희재언니의 방을 잠가 버려 그녀의
죽음에 일조를 하였다. 그 죄책감이 외딴 방을 뛰쳐나오게 하

였고 십 몇 년이 지난 지금까지도 잊지 못하고 있었다. 그것을
운명이라고 한다. 제일 처음으로 맺은 사회적 인간관계가 단
절됨으로써 미래에도 자신의 세계 안에 갇혀 지내게 될 것이
라는 운명을 그녀는 보았던 것이다. 운명을 체념하며 살 수도
있다. 그러나 그 시대를 함께 살았던 사람들이 그녀의 문학 세
계의 독자가 되어 그녀를 비난하고 있어, 희재언니의 죽음이
준 자신의 운명에서 벗어나야 할 필요성을 깨우치게 된다. 그
러나 십 몇 년 동안 무의식의 심층에 저장해 두었던 기억을
현실로 되살리기에는 너무나 큰 아픔이 동반된다. 아픔이, 상
처가 또 다른 기억의 실타래를 풀어내고, 다시 고통을 겪으며
그러면서 그녀는 점점 더 운명의 본질 속으로 들어간다.

　운명의 본질 속에는 구로공단 시절이 있다. 그녀는 같은 이
름을 지닌 경숙이가 YH사태때 목숨을 잃은 것처럼 다른 사람
들과는 달리 꿈을 지니고 있었기 때문에 참혹한 역사의 현장
을 비켜나올 수 있었다. 그러나 그 시절의 풍속화에 갇히지 않
고 빠져 나올 수 있는 또 다른 방도도 가능하지 않겠는가. 신
경숙이 그 시대 사람들을 묘사하는 가운데 윤순임 언니만큼은
비극적 풍속화에 함몰되지 않은 사람으로 그려내고 있다.

　　그녀는 산업현장의 풍속화 속에 갇히진 않았을 것이다.
　　그녀는 이 세상 어디엔가에 집을 한 채 일구었겠지. (중

략) 컨베이어 앞에 앉아 있어도 그녀의 움직임 속엔 전통
적인 가정생활에 대한 향수와 평화로움이 배어 있었다.
(2권 245~246쪽)

　윤순임 언니가 구로공단의 인간 이하의 생활에 매몰되지 않
을 수 있었던 것은 전통적인 가정생활이 몸에 배어 있어 지금
쯤은 어디에선가 한 채의 집을 이루고 있을 것이라고 한다.
전통적인 가정이라 하면 따스한 화롯불을 가운데에 두고 온
가족이 둘러앉아 도란도란 얘기하는 평화로운 장면을 연상할
수 있다. 그들은 서로를 사랑으로 감싸주며 모두가 하나라는
공동체적 생각을 갖고 있다. 신경숙이 산업현장을 전통적 가
정생활과 대비시킴으로써 그 시대를 극복할 수 있는 요소로
도 삼고 있는 것이다.
　1970년대 80년대의 갑작스런 근대화는 외형적으로만 거대한
도시와 공장지대를 만들어 놓았을 뿐이지, 오히려 원시적 가
족 공동체를 해체하여 오 갈 데 없는 근대의 방랑자를 양산하
여 놓았다. '열여섯의 나'가 서울역에 내렸을 때 처음 본 대
우빌딩은 순수한 인간성을 잡아먹는 공룡과도 같이 보았으며,
모든 것이 빠르게 돌아가는 컨베이어벨트 속에서는 자신이
기계의 부속품이 되어 자신의 주체성을 잃어버리고 있음을
또한 보았다. 문명에 의해 소외된 자신의 주체성을 회복하려

면 합리적 이성으로 세계를 파악하여 자신의 존재를 재구축
하여야만 한다. 그러나 그 합리적 이성마저도 개발신화에 의
해 도구적 이성으로 전락해 버렸다면 또 다른 방법을 찾아야
만 하니, 신경숙이 생각하는 방도란 산업화 이전의 전통적 가
정생활이었던 것이다. 논리적이고 합리적으로 생각하기 이전
의 단계에 있으면서도 맹목적인 원초성을 함께 지닌 가족의
이데올로기는 관념으로 사고하기 이전에 몸으로 먼저 생각하
는 법을 가르쳐 주었으며, 근원과도 같은 맹목성을 주었다. 윤
순임 언니가 돈을 훔쳐간 사람을 나무라기보다는 오히려 그
마음을 이해하며 용서해주는 것처럼 잘잘못을 따지기보다는
용서와 관용으로 모든 것을 감싸주는 포용력으로 세상을 대
하는 태도를, 신경숙은 전통적 가정생활의 실천적 삶이라고
본 것이다. 그러나 그런 농촌 공동체는 와해되어 1990년대에
존재하지 않았다. 1990년대 중반의 한국 사회는 전통적 가정
의 의미보다는 개인의 자율성과 개성을 더 중요시하는 모습
으로 바뀌어가고 있지 않았는가. 그녀는 이미 퇴색한 전근대
적 생각으로 근대를 맞서려고 한 모양이 되고 말았다. 그 속
에 그녀는 가치관의 혼란을 겪으며 딜레마에 빠지게 된다. 그
러면서 기존의 자신의 문학을 버릴 수는 없으니, 점점 더 세
상과는 단절된 채로 고독과 외로움에 빠져들게 된다. 문학은
그녀가 하소연할 수 있는 유일한 소통공간이었으며, 현실과

연결되는 매개체이기도 하였다. 그러나 그 문학마저도 그녀 자신을 부정하고 있었다. 결국 그녀는 지금까지 자신의 삶이 었던 집, 곧 문학을 떠나 낯선 새로운 곳으로 간다. 『외딴 방』에 와서 그녀가 처음으로 집, 문학의 공간을 떠나간 곳이 제주도이다. 새로운 곳에서 새로운 사람을 만나 새롭게 현실 못지않을 세계를 펼쳐 보이겠다고 하며 허구가 아닌 현실로 나오지만, 여전히 그녀는 낯선 곳에서 낯선 사람으로부터 더욱 더 고독과 외로움만을 키울 뿐이었다. 그녀가 안주할 수 있는 공간은 집, 곧 허구의 공간인 문학임만을 깨닫고 서울로 다시 돌아온다. 이미 집을 뛰쳐나갔으니, 다시 돌아올 때는 새로운 집을 지으려는 각오를 지내야만 하니, 그녀가 돌아와 표방한 문학은 지금까지의 것과는 사뭇 다른 모습을 지니고 있다. 그리고 자신을 비난하였던 모든 사람들과 정면으로 맞서기로 다짐을 하고 그들을 전부 허구인 문학, 아니 현실로 다시 불러 들여 대화를 나눈다. 그리고 적극적으로 자신의 생각을 밝히기 시작한다. 이것이 『외딴 방』이 사실과 허구의 중간단계의 글쓰기로 만들게 한 점들이다.

글쓰기를 통한 타자의 인식

그녀가 의사소통이 단절되었던 타자들과 얘기를 하기 위해서 기존의 문학관과 서술방식을 바꾼다. 그들을 믿게 하기 위해서는 생활인으로서의 자신의 모습뿐만 아니라 글을 쓰는 소설가로서의 자신의 모습을 모두 있는 그대로 솔직하게 보여 주어야만 한다. 먼저 바뀐 문학관을 보면, "문학이란 정리(역사 : 필자)와 정의(사회 : 필자) 그 뒤쪽에서 흐르고 있다고 생각한다. 해결되지 않는 것들 속에, 뒤쪽의 약한 자, 머뭇거리는 자들을 위해, 정리되고 정의된 것을 헝클어서 새로이 흐르게 하기가 문학인지도 모른다, 고 생각해본다."(2권 87쪽)라 한다. 문학은 구로공단 시절의 생활을 역사적으로 정리할 필요도, 사회적으로 정의할 필요 없다고 당당하게 말한다. 오히려 역사와 사회에 의해 소외된 자들을 현재로 불러내 기존의 정리와 정의를 헝클어내면서 새로운 존재의 의미를 심어주는 것이 문학이라고 한다.

　　언니가 뭐라고 해도 나는 언니를 쓰려고 해. 언니가 예전대로 고스란히 재생되어질지 어쩔지는 나도 모르겠어. 때로 생각했지. 언젠가 내가 그녀들을 내 친구들이라고 부를 수 있을 때, 그때 언니와 그녀들이 머물 의젓한 자리를 만들어주고 싶다고. 사회적으로 혹은 문화적으로 의젓한 자리 말야. 그러려면 언니의 진실을, 언니에 대한 나의 진실을, 제대로 따라가야 할 텐데.(1권 248쪽)

위의 예문은 죽은 희재언니를 현재 되살려 내겠다는 의지를 표방하면서 역사와 사회에서 소외된 자들도 문학 공간으로 불러내 또 다른 생명을 주어 다시 사회적으로, 문화적으로 의젓한 자리를 만들어 주는 일을 하겠다는 것을 보여주고 있다. 그러기 위해 그녀가 취한 방법이 진실이다. 가장 올곧게 있는 그대로의 사실을 밝혀냄으로써 그 시대의 역사와 사회로 들어갈 수 있다고 본 것이다. 그런데 자기를 대상으로 하여 글을 쓴다는 게 과연 객관적으로 타당성이 있는가. 어떻게 해서든지 현재의 자신에 의해 과거의 사실이 결정되어지는 게 아닐까. 그리고 그런 사실을 밝혀내는 과정이 정해진 궤도를 가는 것이 아니라 예측할 수 없는 방향으로 가는 것 또한 사실이지 않은가. 그런데도 고백하는데 진실을 내세우는 것은 도달할 수 없는 진리를 구현하려는 수도승과 같은 자세를 갖고자 함이며, 그러는 행위를 통해 작가의 의도와 목적을 표출하고픈 욕망이 더 강한 의미를 지니게 될 것이다. 『외딴 방』을 읽는 독자로 하여금 한편의 참회록을 읽는 기분을 들게 하는 이유는 이와 같은 데 있을 것이며, 작가의 진실 도달 불가능성과는 상관없이 독자가 진실인 것처럼 믿게 되는 것 또한 한 개인의 내면적 고백을 엿보고 있기 때문이다. 신경숙은 그런 독자를 겨냥하여 글을 쓰고 있는 것이다. 현실에서는 이미 의사소통이 단절된 그들과 얘기하지 않는다면 자신은 더욱 더 소외와 외로움의 나라 속으로 빠져들 것이며, 더욱이 그들의 오해를 바로잡아 놓지 않는다면 자신의 정체성마저 흔들리고 말 것이라는 불안감에 신경숙은 어쩌지 못하고 있었다. 그녀가 계간지 『문학동네』에 『외딴 방』을 발표하기 전까지는 행복하였으나, 작품이 연재되면서 상황은 달라졌다. 제1장을 발표하고 난 뒤 사람들은 그녀에게 어떤 방식으로든지 자신의 생각을 밝혔으며, 그들의 반응 하나 하나에 그녀는 신경을 쓰지 않을 수 없었다. 아마 희재언니 죽음 이야기가 아니었으면, 달리 말해 자신의 오랜 상처를 들춰내는 자전적 이야기가 아니었으면, 진실이 곧 작품의 주제가 된 상황이 아니면 그들의 반응을 무시할 수도 있었을 것이다. 그녀가 그들의 반응에 대꾸를 한 것은 문학을 통해 그들과 소통하고 싶었기 때문이다. 그들은 상상의 독자가 아니라 작품과 관련된 독자이므로, 그들을 작품 속으로 참여시켜 대화를 나누고자 하였다. 외딴 방이라는 공간에는 과거의 나와, 가족, 그 시절의 친구들, 그리고 희재언니 모두가 불려져 왔으며, 그들과 그녀는 대화를 나누며 서로의 진실을 전달한다. 결국 그녀는 그런 허구적 공간을 실재(實在)화함으로써 생활 속에서 겪었던 삶의 모순과 비애, 그리고 고독을 극복하려고 한 것이다. 모두 모여 서로의 진실을 밝히는 과정 속에서 그녀는 자신의 또 다른 자아를 자기 자신이 아닌 타자로 인식하여 객관적으로 볼 수 있었다.

그것은 글쓰기가 가능하게 하였다.

미적 상상력의 원천인 오정희, 조세희 문학

신경숙은 고백적 글쓰기를 매개로 하여 '절대적 자아'에서 벗어나 자신을 타자로 인식하며 참된 진실이 무엇인가를 찾아나간다.

조형미 의식

언젠가는 우물 속에 빠진, 곧 자신의 깊은 심층 의식 속에 빠진, 자신의 쇠스랑을, 자신의 상처와 아픔을, 글쓰기가 꺼내줄 것(1권 226쪽)이라고 한다. 그녀가 자신의 존재론적 문제에 대한 극복 방식으로 삼고 있는 글쓰기란 무엇인가. 일종의 예술가가 자신의 예술세계를 펼치는 방식이자 도구일터이지만, 그녀에게는 그 이상의 특별한 의미를 지니고 있는 것 같다. 그렇다면 그녀는 예술에 대해 어떻게 생각하고 있는지부터 살펴보자.

고향을 묘사하기를 "풍속화처럼 아름답다"(1권 55쪽)고 하여 자연성 그 자체로 보는 것이 아니라 그림이라는 가공된 예술 작품에 의해 현실인 고향을 비교하고 있다. 또한 구로공단의 모습을 조선 민화에 나오는 풍속화에 비교하였으며, '열여섯의 나'가 외사촌과 함께 서울로 처음 올라오는 기차 안에서 본 그림책의 백로들을 역시 풍속화에 비교하고 있다. '열여섯의 나'는 숲 속의 나무 위에 반짝이고 있는 것이 별이 아니라 백로라는 사실을 알게 되면서 신비로운 아름다움을 체험한다. 그러면서 언젠가는 자연 속의 나무 위에 있는 백로를 보러 갈 것이라고 다짐한다. 그림책이라는 예술 작품에 의해 생겨난 미적 의식으로 실재(the Reality)의 미를 향수한 것이다. 실제적 대상을 사물 자체로 인식하지 않고, 예술 작품에 의해 경험된 미의식(美意識)을 통해 인식한다는 의미다. 어린 소녀의 미의식과 사물에 대한 인식이 구로공단 시절의 나에게 '백로'라는 절대적 미의식과 소설가가 되겠다는 이상(理想)으로 탈바꿈하였다. 절대적 미의식과 이상은 최소한의 생계도 유지하기 힘든 극심한 환경 속에서도 꿈을 꾸게 하였다. 미서가 "난, 너희들과는 달라"라고 하며 관념 철학자인 헤겔의 책을 읽었던 것처럼 '그 시절의 나'도 미의식을 통해 험난한 세상을 뚫고 나올 수 있었던 것이다. 결국 그런 미의식이 소설가가 되게 하였고, 그녀는 자신의 내면에 그런 면이 있음을 글쓰기로 보여 주고자 하였다.

신경숙이 보고 있는 글쓰기란 순전히 고백에 의해서만 이루어지는 것이 아니다. 어느 정도 위장과 감춤을 지니고 있다. 엄마가 시골에서 기르시던 닭을 갖고 서울로 올라와 큰오빠에게 먹이려는 이야기에서 그녀의 나이는 열아홉이다. 그런데 같은 이야기 속의 2권 172쪽을 보면 '열여덟의 나'로 표현되었다. 편집이나 인쇄상의 오기(誤記)라기보다는 의도적인 작가의 장치로 보인다. 작은 몸의 기억 하나 하나를 회상하는 중에 그때 나이를 혼동한다는 것은 고백이 사실이 아니라 허구일 수 있다는 점을 강조하기 위함이다. 허구란 있는 그대로의 상태가 아니라 가공되고 만들어진다는 의미를 지니고 있다. 자연적 상태가 아닌 인공적 의미가 좀 더 적극적으로 나타난 것이, 〈부메랑〉이란 영화를 보고 나서 현재의 분위기에 따라 〈금지된 장난〉을 보았다고 고쳐 놓은 부분이다. 이와 같은 허구성의 강조는 신경숙이 예술을 자연적인 것으로만 파악한 게 아니라 가공된 것으로도 인식하고 있음을 뜻하며, 또한 고백의 내용이 가짜일 수 있음을 특정한 독자에게 던지는 메시지라 할 수 있다. 그런 위장은 실재보다 앞선 미의식으로 생겨난 포즈(pose)에 의해서 가능하다. 그런 포즈 밑에는 언제든지 전달하고자 하는 진실이 감춰져 있게 마련이다. 포즈는 표층과 심층 의식의 차이를 인식함에서 생겨난 미의식이다. 포즈는 무엇인가를 위장하거나 감출 때 더욱 두드러지게 나타난다. 『외딴 방』이 제3장에 오면서 작품의 밀도가 떨어지고 있다. 앞장까지 고백적 삶의 이야기를 전개하면서 독자로 하여금 진실의 문제를 생각하게 하였으나, 3장에 와서는 어떤 무엇인가를 의도적으로 감춘다는 것이 보이고, 문학관을 통해 허구성을 논리적으로 설명하려고 하기 때문에 그렇게 느껴진다. 결국 희재언니의 죽음을 극복하는 방식이란 위장과 감춤이라는 포즈를 취하면서 허구성을 강조한 예술성(藝術性)이다.

신경숙이 그런 예술을 가능케 한 상상력의 원천에는 선배 작가가 있다. 신경숙 문학에 오정희의 향취가 짙게 배어 있음이 많이 회자되어 왔다. 자전적이라는 점과 언어의 조직화를 통한 감성의 내면화라는 점에서 두 작가는 유사하다. 오정희가 7,80년대 섬세한 여성적 글쓰기를 보여준 작가라면, 신경숙은 8,90년대 그 대를 이은 대표적 여성 작가라 할 수 있다. 외형적 유사성 외에도 실제적으로 『외딴 방』은 오정희의 『옛우물』과 상당히 많은 부분이 닮아 있다. 그 사실을 신경숙은 감추고 있다. 춘천에 인터뷰하러 가면서 누구를 만나러 간다는 것을 고작 '그'를 만나러 간다고 밝힌다. 그리고 '그'를 생각할 때마다 설레면서 스무 살 이후의 삶을 지배해 왔다고 한다. 열여덟의 나이에 처음으로 다 베껴 쓴 소설이 조세희의 『난장이가 쏘아 올린 작은 공』을 명백하게 밝히고 있는 데 비해 오정희라는 이름을 숨기고 있는 것은 단순한 영향을 받은 정도가 아니라『외딴 방』의 상당부분이『옛우물』에 기대고 있음을 숨기기 위해서다.

(A) 나는 나의 생보다 오랠 산과 나무 별들을 바라보았다. 비로소 먼 옛날 증조할머니가 내게 해준 말을 정확히 기억해 내었다. 옛날 어느 각시가 옛 우물에 금비녀를 빠뜨렸는데 각시는 상심해서 죽고 금비녀는 금빛잉어로 변해….

(오정희,『옛우물』, 청아출판사, 47쪽)

(B) 나는 푸른 새벽에 그가 5년만에 문예중앙에 발표한 옛우물, 을 읽었다. 고독을 헤치고 돌아온 그는 물방울이 묻은 산호 같았다. 소설 쓰는 자의 주눅듦과 두려움이 만들어낸 것이 옛우물이라면, 그 주눅과 두려움은 소설 쓰는 자의 필요조건이라고 생각했다. 그는 다시 인간의 한데를 더듬으며 남루했던 여자들을 신화 속으로 데려가고 있었다. 삶을 뚫고 지나가는 섬광들, 지나갔다가 우물에 비쳐지며 푸르러지는 이미지의 중첩들. 그는 팽팽했고 뜨거웠다. (가)그가 짠 언어의 옷을 입은 익명의 여자들이 우물 속에서 태어나 여성성을 넘고 인간성을 넘어 금빛 잉어로 단단해져갔다. (나) 옛우물, 을 읽던 새벽, 내 마음속에 찬란히 휘몰아치던 그에 대한 분란을 감히 질투라고 표현해도 될까. 어떻게 이렇게 하나도 달라지지 않고. 방안을 이리저리 서성였었다. 그는 줄 끊어진 두레박을 타고 푸른 우물의 가장 밑바닥까지 내려갔다 온 것 같았다. (중략)

······ (다)상실의 깊은 멍으로부터, 그 깊디깊은 어둠의
심연으로부터, 금빛 잉어 한 마리가 푸른 물방울을 털어
내며, 삶의 표층으로 솟아오르는 환각.
(2권 27~28쪽, 밑줄은 필자)

(C) 그는 줄 끊어진 두레박을 타고 푸른 우물의 가장
밑바닥까지 내려갔다 온 듯했다. (다')상실의 깊은 멍으로
부터, 그 깊디깊은 어둠의 심연으로부터, 금빛 잉어 한 마
리가 지느러미에 묻은 푸른 물방울을 털어 대며 삶의 표
층으로 솟아오르는 환각을 보았다.
(신경숙, 「사로잡혀서 생(生)의 바다까지 내려가기」, 『작
가세계』 1995년 여름, 50쪽)

(A)는 오정희의 『옛우물』의 일부분이다. 우물 속에 빠진 금
비녀가 나중에 금빛 잉어로 되었다는 이야기이다. 『외딴 방』
의 주제를 '우물 속에서 쇠스랑을 꺼내기 위한 방법'이라고
하였을 때, 우물은 자기 자신이고 그 속에 담긴 쇠스랑은 현
실적 삶의 아픔이다. 그런 의미가 오정희의 『옛우물』에서도
그대로 나타난다. 『옛우물』은 일상성에 매몰된 한 인간의 자
아상을 확인하는 과정을 그린 소설이다. 화자(話者)인 '나'는
증조할머니로부터 들은 우물 속에 금빛 잉어가 있으며, 그 잉
어가 천년이 지나면 이무기로 되고, 다시 천년이 지나면 용이
된다는 얘기를 믿는다. 다른 친구들과 달리 화자의 친구 정옥

이는 그 이야기를 믿었으며, 확인이라도 하려는 듯이 우물 속으로 들어가 죽고 말았다. 자신의 실수에 의해 한 친구를 죽였다는 죄의식이 아이를 낳고 기르는 평범한 가정주부가 되어서도 따라 다녔다. 아이를 낳고 기르는 평범한 가정주부에서 세속적 욕망을 지닌 인간성으로, 다시 그것을 극복하여 삶의 진리를 경험하여 금빛잉어로 된 친구 정옥이를 죄의식으로부터 구할 수 있게 되었다. 작품 끝 부분에 "옛우물에 금비녀를 빠뜨린 각시가 상심하다 죽고, 그 금비녀가 금빛잉어로 변했다"는 증조할머니의 이야기를 회상하는 것에서처럼, 슬픔과 고통을 오랫동안 묵히고 쌓아 놓았다가 삶의 깨달음으로 승화될 수 있음을 얘기한 것이다. 금비녀가 금빛잉어로 변해 어떻게 되었는지가 생략되어 있지만, 절대적 진리로 되었을 것이다. 신경숙은 말줄임표를 받아서 (B)의 『외딴 방』의 (가)처럼 그녀들이 여성성에 머무르지 않고 인간성으로 나아가고 금빛잉어로 단단해져 갔다라고 기입하여 놓았다. 한 개인의 체험이 개별성에 머무르지 않고 존재의 문제로까지 확대되어, 금빛잉어라는 절대적 관념 내지 미의식을 지니게 되었다는 뜻이다. 그런데 그것은 『외딴 방』에서도 희재언니의 죽음으로 생겨난 죄의식이 존재론적 문제로 확대되어, 절대적 관념인 백로를 지향하게 되었다는 것과 같다.

신경숙이 오정희와 인터뷰하고 돌아와 (C)의 『작가세계』에

게재한 (다)가 그대로 『외딴 방』의 (다)를 이루고 있다. 오정
희가 정옥이를 우물 속에서 꺼낸 것이 금빛 잉어라는 환각에
의해 가능하였던 것처럼 신경숙 역시 희재언니를 우물 속으
로부터 꺼낼 수 있었던 것도 환각에 의해서다.

> 바람이 부는지 우물이 출렁였다. 그녀가 신선한 냄새를
> 풍기는 물 속에서 두리번거렸다. "뭘 찾아?" "네가 빠뜨린
> 쇠스랑." "뭐 하려고?" "내가 끌어내주려고…… 그러면 더
> 이상 네 발바닥이 안 아플 거야." (2권 255쪽)

위의 인용문은 환각 속에 희재언니가 나타나 우물 속에 있
는 그녀의 상처인 쇠스랑을 꺼내 주겠다고 한다. 희재언니도
이제 신경숙에게 금빛잉어가 된 순간이다. 이처럼 신경숙은
우물을 바라보는 관점이나, 상징성의 원관념, 그리고 존재의
문제와 절대적 미의식을 깨닫는 방법이 모두 오정희의 것과
같다. 그것에 대해 (나)에서처럼 오정희의 것과 달라진 게 없
다는 자의식을 보인다. 오정희 문학을 뛰어넘지 못함이 질투
를 유발하였고 자신의 문학 상당부분이 그녀에게 빚지고 있
음을 고백한 꼴이 되었다.

이처럼 선배 작가의 작품의 주제와 이미지를 그대로 차용한
것과 자신이 했던 글을 그대로 또 다른 작품 속에 옮겨 놓은
것은 조형미에 의해 삶을 재구성하고, 다시 삶에 의해 미의식

을 형성해 나가는 신경숙만의 조형미 의식을 보여 준 것이다. 또한 텍스트 생성의 측면에서 보면, 『외딴 방』의 심층 텍스트에 『옛우물』이 존재함을 알 수 있다. 결국 실재(實在)보다 앞선 조형미의식이 선배 작가의 작품을 단순히 모방한 것이 아니라 자신의 작품의 근원으로 존재하게 하였다.

뫼비우스 띠의 진리

신경숙이 처음부터 끝까지 베껴 쓴 최초의 소설이 조세희의 『난장이가 쏘아 올린 작은 공』이다. 그 작품을 통해 배운 것은 급격한 산업화로 인한 가족의 공동화 현상과 '뫼비우스의 띠'다. 도시화로 집을 빼앗긴 다섯 가족이 어디로 가야 할 지 몰라 하는 쩔쩔 매는 모습과 윤순임 언니가 산업화를 견뎌낼 수 있었던 전통적 가정생활을 대비해 보면, 신경숙 나름대로 근대화의 모순을 이겨내기 위한 방법을 조세희의 『난장이가 쏘아 올린 작은 공』에서 배웠음을 알 수 있다. '뫼비우스의 띠'에서는 앞과 뒤가 똑같으며 언제나 모든 것이 반복적으로 순환된다는 진리를 배웠다. 그것을 자신의 작품에 모든 것이 무(無)로 되어 버리는 표현으로 형상화하였다.

그와 그녀는, 밀물과 썰물은, 희망과 절망은 … 삶과 죽

음은 같은 말 아닐까? (2권 277쪽)

　존재의 순환성과 일체성에서 시간의 의미를 생각해 볼 수 있다. '뫼비우스의 띠' 속의 시간은 순환성과 동시성을 지닌다. 현재에 과거와 미래가 동시에 열리고, 현재의 일이 과거가 되고, 미래의 일이 현재가 되며, 다시 과거가 된다. 그녀가 제주도에 가서 보았던 모습들은 미래의 언젠가는 다시 과거가 되어 자신의 글쓰기 대상이 될 것이다. 그 속에서 진실이란 고정된 실체로 있는 게 아니라 희미하게 작가의 내면에 존재해 있다가 글쓰기 대상이 되면서 선명하게 본질을 드러낸다. 그것을 가능케 하는 매개체가 몸의 기억이다. 습관적으로 반복되는 감각을 통한 기억은 언제나 과거를 향해 열려 있으며, 계속되는 행동은 미래를 향한다. 그 순간에 현재성이란 없어진다. 결국 참된 자아상이란 시간의 문이 열린 동시성에서 찾아지며 그 속에서만 고유한 한 개인의 정체성을 찾아볼 수 있다. 그것을 '근대적 자아'라 할 수 있다. 근대란 새롭다는 의미를 지니면서 끊임없이 미래 시간을 열어 놓아 고정되고 화석 같은 자아보다는 사회 문화적 현상에 능동성을 지닌 자아를 낳는다. 신경숙은 자신의 정체성을 찾으면서 자신의 문학과 현실적 삶을 되짚어 보는 반성과 성찰의 시간을 가졌다. 그것을 '근대적 자아'라 불러도 될 것이다. 절대적 자아의 폐쇄성에서 벗어나 진정으로 큰타자를 만나게 되었고, 그들을 통해 자아가 상징계로 접어들게 되었으며, 그녀는 '글쓰기'라는 예술적 방식을 통해 무의식의 심층 속에 상처로만 있었던 7,80년대 시대를 얘기할 수 있게 된 것이다. 그리고 근대성을 획득하게 된 것이다. 그 모든 것들은 그녀가 다른 사람과 소통하고자 하는 열린 마음에 의해서 가능하게 된 것이기도 하다. 이제 그녀는 희재언니의 망령에서 벗어날 수 있게 되었으며, 그런 몸부림도 이제 접을 수 있게 된 것이다. 결국 신경숙이 가발을 벗고 진실을 얘기하고자 한 고백적 글쓰기는 희재언니의 죽음이 준 정신적 충격에서 벗어나기 위한 몸부림이었다. 고백이라는 방식을 통하여 자기 자신을 올바르게 볼 수 있었으며 그러는 과정을 통해 생활인으로서 뿐만 아니라 예술가로서 자신의 정체성을 획득할 수 있었다. 근대적 자아란 이처럼 자신을 반성하고 성찰하면서 정체성을 획득하여 나아가는 것이라고 할 때, 고백적 글쓰기가 근대성을 얻게 되는 장면이 된 것이다.

맺음말

　　7,80년대 한국의 파행적 근대화를 온몸으로 받으며 살

왔던 세대들은 90년대 들어서며 '모든 것을 빠르고, 더 좋게'
라는 개발 신화에 빠져 피곤함도 느끼지 못한 채 살아왔다.
그들은 겉으로 드러난 물질적 가치로 정체성을 찾으려 할 뿐
이었지, 내성화된 존재의 문제로 자신을 바라보지는 못하였다.
그들과 같은 세대인 신경숙은 『외딴 방』을 쓰기 전까지 자신
도 정신과 육체가 피곤한 줄 모르고 지나 왔었다. 그랬던 그
녀에게 정신을 들게 한 것은 삼풍백화점 붕괴가 상징하는 급
속한 경제성장이 낳은 폐해를 보면서였다. 그녀도 모른 채 개
발 신화에 젖어 있었던 것이다. 그녀가 깨달은 90년대란 7,80
년대와는 별 다를 바가 없으며 여전히 미완의 근대의 기획이
인간의 존엄성과 정체성을 훼손시키고 있었다. 그녀 개인에게
7,80년대를 얘기할 수 없었던 이유가 희재언니의 죽음인 준
정신적 충격과 상처이지만, 그 외연에는 한국 근대라는 시대
와 역사가 담겨져 있었던 것이다. 그 모습을 신경숙은 90년대
에 와서야 올바르게 보게 된 것이었다. 그런 상황에서 지금까
지 자신의 문학은 가짜일 수 있으며 허깨비일 수 있다는 것을
알게 되었다. 그것이 자신의 정체성에 대한 회의로 이어지고
결국 자신의 치부를 모두 드러내는 용기를 내 자신을 고백하
게 만들었다. 그녀는 고백을 통해 7,80년대 시대의식을 얘기하
고 싶었던 것이다. 그리고 자신을 비난하였던 많은 평자와 독
자에게 그렇지 않다는 것을 말하고 싶었던 것이다. 그런데, 그

녀의 이런 창작 의도가 생각만큼 실현되었는가 하는 문제는 남는다. 앞의 2장에서 보았듯이 그녀는 여전히 자연성이라는 도시성과는 다른 심층의식을 지니고 있었으며, 변신을 시도하였지만 그 이전의 문학세계와는 별로 달라진 게 없었다. 그러나 그녀 스스로 그 이전의 문학과 단절하고 싶은 욕구는 강렬하여 '글쓰기'라는 새로운 방식으로 존재론적 문제로까지 확산된 희재언니를 둘러싼 7,80년대 시대를 극복하고자 하였다. 내용을 형식으로 극복하겠다는 그녀의 태도는 분명히 그녀의 미학주의를 표방한 것이며 그 속에는 조형미 의식이 담겨져 있었던 것이다. 이제 다시 문제는 자연성과 조형미 의식이라는 예술성을 어떻게 조화롭게 배열해 놓는가 하는 점이다. 그것을 고백이라는 또 다른 방식으로 해결하고자 하였으나, 그녀의 의도대로 제대로 되지는 않았다. 고백이라고 하면 일본의 사소설 작가처럼 자신의 온갖 치부를 다 드러냄으로써 자신의 존재의 극한점까지 가야만 인생의 참뜻을 발견할 수 있는데, 아니면 루소처럼 심층 밑바닥에 있는 존재의 근원성까지 파헤쳐 보는 치밀성을 지녀야 하는 데도 중간에 고백을 그만두고 말았다. 그 문제가 그녀 자신의 것이라기보다는 한국인의 고백할 수 없는 전통문화에 의한 것인지도 모르겠다.

그러면서도 『외딴 방』을 90년대 대표작이라고 하는 데 있어서 필자는 주저하지 않는다. 한 개인의 정신적 외상을 극복하는 방식을 작가의 글쓰기라는 문제로 깊게 천착을 한 작가가 드물어서가 아니라, 한국 문화의 식민성을 극복할 수 있는 단초가 엿보여지기 때문이다. 식민지 체험을 한 나라에서 근대란 제국주의 국가에서의 근대와는 분명히 다르며, 70년대 이후 시작된 박정희의 근대 역시 근대의 한 쌍인 민주주의를 무시하고 천민자본주의만을 내세움으로써 절름발이 근대였던 것이다. 그런 사회상이 문학에도 담겨있으며, 많은 작가들에 의해 절름발이 근대를 극복하고자 하는 노력을 하였지만, 세계화(지구화)로 나아가지는 못하였다. 그런데, 신경숙은 인간의 내면적 상처를 인간의 보편적 감각과 정서로 환기시켜 세계화의 보편성을 획득하게 되었고, 그 속에 한국의 파행적 근대라는 특수성을 담아냄으로써 식민성을 벗어난 탈식민성의 단초를 마련한 것이다.

새 천년의 문학은 신경숙의 『외딴 방』을 정전으로 하여 한국 근대화의 모순을 극복해 나가는 상황을 예술적으로 승화 발전시켜 나가야할 것이다.

우정권(禹政權)

홍익대학교 국문학과 졸업
서울대학교 국문과 석사·박사과정 졸업
문학박사, 문학평론가
현재 단국대학교 교양학부 강의전임강사

저서
『학국문학콘텐츠』,『조명희와 "선봉"』,『한국근대고백소설의 형성과 서사 양식』,
『한국근대고백소설 작품 선집』Ⅰ·Ⅱ,『한국현대문학의 글쓰기 양상』.

한국 현대소설의 미적 전회

인 쇄	2005년 5월 24일
발 행	2005년 5월 30일
저 자	우 정 권
펴낸이	이 대 현
편 집	안 현 진
펴낸곳	도서출판 역락 / 서울 성동구 성수2가 3동 301-80
	(주)지시코 별관 3층 (우 133-835)

Tel 대표·영업 02)3409-2058 편집부 02)3409-2060 .Fax 02)3409-2059
E-mail youkrack@hanmail.net / yk3888@komet.net
홈페이지 www.youkrack.com

등 록	1999년 4월 19일 제 2-2803호
ISBN	89-5556-382-5-93810
가 격	10,000원